JN120057

お父さんになりたい

藤本幸子
FUJIMOTO Sachiko

文芸社

── もくじ ──

一　キャッチボール

「均《ひとし》、いいか。お父さんが均のグローブめがけて投げるから、グローブを胸のところで広げていろ。そーぅれ」

　ボールは均のグローブの指先に当たって転がった。

「とれなかった。お父さんごめん」

「そんなに簡単にとれるもんか。今度はボールをお父さんめがけて投げてごらん」

「分かった。お父さんとってよ。そーぅれ」

　ボールはお父さんの二メートルほど前に落ちて転がった。

「届かなかったよ、お父さん。キャッチボールって難しいんだね」

「どんなことだってそんなに簡単にはできないよ。何回も練習すればきっとできるよ。もう一回投げるよ。グローブをいっぱいに広げていろ」


　僕はずっとこの日が来るのを待ち望んでいた。父親となって、自分の子どもとキャッチボールする日を。

　この日を一日たりとも心から切り離したことはない。それが心のよりどころであり、生きる希望でもあった。「自分の子どもとキャッチボールする」、たったこれだけのことが、ずっと僕の生きる意味を支えてきた。

つらかった時、逃げ出したくなった時、消えてなくなりたいと思った時、これまでの人生で、乗り越えなければならなかった絶壁が幾度となくあった。その都度、僕を奮い立たせてくれたのは、自分の子どもとキャッチボールをするという、ささやかではあるが、僕にとっては絶対叶《かな》えなくてはならない大きな夢だった。

こんな単純なこと、ありふれた親子の光景が、生きることそのものを支えてくれるとは誰も思わないだろう。しかし、僕にとっては何事にも代えられない、なくてはならないことだった。均は結婚した妻の子ども。六歳の時から僕の子どもになった。ちょうど小学校に入学した時からだ。

僕は結婚とともに父親になった。喜びは二重である。愛しい人と一緒に暮らせることと、ずっと夢見ていた子どもとのキャッチボール。その二つの夢が同時に叶ったのである。

均の手にピッタリとはめられている小さなグローブ。僕の手にすっかりなじんでいる大きなグローブ。二つのグローブはかなり古くて形も崩れているが、ピカピカに磨き込まれている。

僕の宝物だった。心が揺れるたびにこのグローブを磨いてきた。悲しい時も、つらい時も、乱れる僕の心をいつもの僕に戻してくれたのは、この二つのグローブだった。この二つのグローブが僕を支え続けてきた。

一　キャッチボール

親子のキャッチボールは、このグローブでなければならなかった。このグローブで、自分の子どもとキャッチボールをすることが、生きることそのものだった。

しかし、こんな大切なこの二つのグローブには、苦い思い出があった。

二　万引き

十畳ほどの狭い店内には、ベニヤ板を張り合わせ、低い木の足を付けただけの簡単な台が五つ、小学生がやっとすれ違えるほどの幅で、細長いコの字型に置かれていた。

その平たい台の上には、色とりどりの駄菓子が、それぞれ自分を主張しながらも、ぎっしりと、並んでいた。

楊枝《ようじ》の先に赤いしるしが付いていたら、もう一本もらえるきなこ棒。

大小様々な大きさの飴《あめ》に繋《つな》がっているひもを引くと、大抵小さい飴が引っ張られて持ち上がってくる糸引き飴。あの魅力的な大きな飴は誰が当てるのだろうと、いつも不思議に思っていた。

食べ終わる頃には、口の中全部が真っ赤になるほどの、赤い着色料で染められた杏子飴《あんず》。

紙のように薄いが、しっかり本物の味がするカツ。それに、酢だこに酢いか。子どもの心を夢中にさせる駄菓子が満開に並んでいる。

両側の壁には、四連ほど繋がった小さな袋菓子や、色とりどりのビニールボール、髪飾りや縄跳びや、文房具、時には凧まで飾ってあって、本来の壁の色も素材も分からないほどだ。どれもこれも子どもの心をくすぐる物ばかり。

ここは、子どもの夢の広場であり、コミュニティーの場であり、いこいの場であり、そして誘惑の場でもある。

そんな、小さな町の商店街の片隅にある小さな駄菓子屋は、小さなおばあちゃんが、にこにこしながら店番をしている。

学校を終えた小学生は、十円玉をいくつかポケットに入れ、ジャラジャラの感触を確かめながらその駄菓子屋に集まる。五十円玉や百円玉が入っている時は、それはそれは心躍る時である。
二、三十円の駄菓子を選ぶのに、たっぷりの時間を使い、分かっているのにじっくり品定めして、一つは手に持ち、一つは口に頬張りながら店を後にするのが日常だった。
その日、僕のポケットには二十円入っていた。十円玉二枚だけでは、ジャラジャラの音はしない。二枚の十円玉が、足を挙げた時に微《かす》かに触れ合う寂しい音がするだけ。

二十円では買えない水飴を手に取っては戻してみたり、甘納豆のくじを引こうとして戻してみたりと、いつも以上に品定めの時間が長かった。

いつもなら、友達と相談しながら決めるのだが、この日、僕は誰とも口を利かなかった。

今日僕は、何も買わないと決めていた。買うふりをしていただけ。僕の心は駄菓子にはなかった。いつもならきらきら輝いている駄菓子は、ただの雑貨であり、置物であり、心をときめかせるものではなかった。

僕は魂が抜け出たビニール人形のように、ふわふわさまよっていた。地に足が着かないとはこのようなことをいうのだろう。僕は迷っていた。ずっと考えてきたことを実行するか、やっぱりやめるか、自分の心と闘っていた。

一緒にいた子どもたちは、一人二人と、駄菓子を口に入れもぐもぐしたまま、膨らんだポケットを手で押さえ、「じゃあね」とか「また明日」とかそれぞれの言葉でサヨナラして、店を出て行った。

店には、僕と店番のおばあちゃんしかいない。僕はこの瞬間を待っていた。友達に気づかれないように、静かに実行するのだ。

取るのは、おばあちゃんの目の前の十円の風船ガムと決めていた。安ければ罪悪感が薄くなるわけではないということは分かっていたが、万引きするのに金額は関係ないということも分かっていたが、何となく一番安いものを考えた。十円だから許されるわけではないのだが、もし失敗した時には、忘れていたふりをして、おばあちゃんの目の前にある机の上に、十円玉一枚置けばいいから。

それに、何よりも大事なのは、おばあちゃんに万引きしたことを気づいてもらうことだから。おばあちゃんのすぐ目の前にあるのが風船ガムなのだ。おばあちゃんにだけ気づいてほしい。いや、店番のおばあちゃんには、必ず気づいてもらわないと、実行する意味がない。

「よし、やるぞ！」。動悸《どうき》が止まらない。口から心臓が飛び出すというが、こんなことを言うのだろうか。たった十円の風船ガムを盗むのに、こんなに勇気がいるのだろうか。こんな時に勇気なんて言葉を使うのはおかしいと思うけれど、誘惑に負けずに正しいことをする時よりも、悪いと分かっていることをする方が、勇気がいるものだと気がついた。

しかし、今はそんなことを考えている場合ではない。自分を奮い立たせる。今日こそ実行するんだ。ずっと考えてきたことじゃないか。自分ではこうすることが、一番いい方法だと何度も何度も自分に言い聞かせてきたことじゃないか。それしか方法が浮かばなかったじゃないか。今日やらなければ後悔する。迷うな。簡単なことじゃないか。すぐ目の前の、十円の風船ガムを取ればいいだけのことじゃないか。頑張れ！

怯《おび》える自分を、冷めた目で見つめる自分がそそのかす。自分の中の正義が、腐った正義に押しつぶされる。学校で教わった正しい正義が、身勝手な正義に打ち負かされる。

「今だ！」。僕は店番のおばあちゃんの目の前に置いてある風船ガムを一つ手に取り、そのままポケットに入れた。慌てるんじゃない。何度もこの場面をイメージしたではないか。大丈夫だ。ゆっくりと、堂々と。

頭から足の先まで震えている自分に言い聞かせながら、お金を払わないで店を出ようとした。ここでおばあちゃんはきっと僕に言うはずだ。「お金払ってないよ」と。そうしたら、ゆっくり振り向き、名札を見せて、それから、走るんだ。一目散に走るんだ。落ち着け。数秒の間に、これまで思い描いてきたことを反芻《はんすう》し、おばあちゃんの言葉を待った。

ほら来た。

「そこのぼく、今、風船ガムをポケットに入れたでしょ。十円だよ」

思った通りだ。あとはゆっくり振り向き、おばあちゃんに名札を見せるだけ。僕、すなわち「一之瀬孝」の名前をおばあちゃんの目に、しっかりと焼きつけること。万引きをした子は「一之瀬孝」であるということを、おばあちゃんに伝えなければならない。

僕は、いつもはしない名札を付けてきた。太いマジックペンで大きく書いてある名前をわざと見せるように、ゆっくりと振り向き、おばあちゃんと正面から向かい合った。

二秒だったろうか、五秒だったろうか。高鳴る胸、震えるポケットの中のガムを握る手、ひきつる顔、それらを必死にこらえながら、おばあちゃんの顔を見た。おばあちゃんはいつもと同じ笑顔で僕を見ていた。僕はおばあちゃんの目を見ることができなかった。

心臓は、百メートルを全力で走った時よりも高鳴り、おばあちゃんに聞こえるのではないかと思われるほどだった。もうそれ以上はその場に立っていることはできなかった。すぐさま、おばあちゃんに背を向けて走り出した。その場に立ち尽くすおばあちゃんの姿が見えなくなるまで。大好きな駄菓子屋が見えなくなるまで。

おばあちゃんが追ってくることはないと分かっていたが、僕は走った。全速力で走った。自分の心臓が破裂する寸前までひたすら走った。これでいいんだ、これでいいんだと自分に言い聞かせながら。

気がついたら空は一面、とき色に染まり始めていた。薄桃色に染められたケヤキの木も、公園のブランコも、ベンチも、すべてが淡く、美しく、幻想的な世界を醸し出していた。

僕はベンチの隅にそっと座った。とき色に染まった、すべての景色の中に溶け込むように。ケヤキの木も公園も、駄菓子屋のある小さな街並みも、たった今、万引きをした悪者の僕を咎《とが》めることもなく、優しく包み込んでくれた。そして、もう、早く家に帰りなさいと、そっと囁《ささや》いていてくれた。

初夏の夕日は肌に嬉《うれ》しい。ずっと抱かれていたい空だった。明日は晴れだ。あの苦しかった葛藤も、あの腐った勇気を奮い立たせる闘いも、死ぬ思いで逃げたことも、すべてが正当化されそうな穏やかな空の下で、時が止まったようにずっと佇《たたず》んでいたい。

でも、帰らなくては。僕には帰らなくてはならない家がある。ゆっくりと立ち上がり、まだ治まらない心臓の高鳴りを抑え、興奮した気持ちを落ち着かせるために、大きく深呼吸を一つした。

清らかな空気が、濁った僕の中の空気と入れ替わる。さあ、何事もなかったかのように、いつもと変わらないふりをして、僕の家に帰ろう。ここから、新しい僕が始まるんだ。

やっと実行したぞ。夜になっても僕の興奮は治まらなかった。罪悪感なのか、達成感なのか、自分でもよく分からない。しかし、これから起こるだろう何かを期待していたことは確かだ。

僕は万引きをしたんだ。おばあちゃんは、僕の名前を見たはずだ。学校の名前なんて調べるまでもない。すぐそこの学校だもの。おばあちゃんはきっと学校に連絡するだろう。

「お宅の学校の、一之瀬孝という名前の、三、四年生くらいの男の子が万引きしたよ」と。

僕の通う学校に「一之瀬孝」という名前の子は僕しかいない。それに僕は四年生だから、おばあちゃんの話にぴったり合う。

先生たちは、おばあちゃんの言うことは正しいと信じるだろう。明日先生に呼び出され、万引きしたことを聞かれるだろう。

僕は黙って下を向いて頷《うなず》けばいい。

「つい、うっかりとってしまったのか」とか「お金がなかったのか」とか、理由をいろいろ聞かれるだろうが、何も言わない。絶対黙秘だ。

どれくらい強く注意されるのだろうか。怒鳴られるのだろうか。とても不安だけれど、万引きした時のあの葛藤や苦しみよりは楽なはず。じっと下を向いて、時間が過ぎるのを待っていればそれでいい。我慢するのは、黙って耐えるのは得意だ。

黙っている僕を見て、先生はお父さんに連絡するだろう。

「孝君が駄菓子屋で万引きをしました。孝君をしっかり諭してくださいね。万引きなんてとんでもないことですよ。悪い芽は早く摘み取らないと、取り返しのつかないことになりますよ」と。

お父さんを学校に呼び出すのだろうか。それとも家に来てお父さんに報告するのだろうか。そんなことはどっちでもいい。僕の目的は、僕はとても悪いことをした、万引きした、という事実をお父さんに知らせることだ。そして、お父さんは、先生の前で僕に話しかけるんだ。僕に注意をし、叱るんだ。それから、一緒におばあちゃんに謝りに行くんだ。

布団に入っても、興奮は一向に冷めず、眠れない。僕は、お父さんが教えてくれた、勇気や正義、優しさについて振り返っていた。お父さんの声や言葉を、一言一句たどりながら。

お父さんは、正しい人だ。僕に何が正しくて、何が正しくないのかを、いつも僕の顔を見て、僕ときちんと向き合って諭してくれた。「優しさと強さは一緒だよ。強くなければ、優しくなんてできないよ。強くなれ、優しくなれ」といつも教えてくれた。僕の心の芯まで響く言葉で。

そんなお父さんだから、僕が万引きをしたと知ったら、きっと、

「孝、万引きなんて、絶対にしてはいけないことだって分かっているよね。お父さんはそんなことは教えていない。孝はそんなことをするような子ではない。もし本当に万引きしたのなら、なぜしたのかお父さんに話してごらん」

と優しく諭してくれるはず。三年前のお父さんなら。

でも、今のお父さんなら、僕をひどく叱るかもしれない。大きな声で怒鳴るかもしれない。げんこつをくれるかもしれない。それでも僕はかまわない。叱ったり、怒鳴ったりするということは、お父さんの心の中に、まだ僕がいるという証拠だ。

僕のそばで僕に向かって、僕の顔を見て、叱って。怒鳴って。お父さん、僕の方を向いて。どんな方法でもいいから。三年前のお父さんに戻って。僕の大好きなお父さんに戻って。僕はまだ、お父さんの心の中にいるよね。

眠っているわけではない。起きているわけでもない。僕はぼんやりとした夢うつつの中で、これまでの目まぐるしいほどの、自分の環境や、お父さんとの出会いや思い出をたどっていた。悪夢のように、叫んでも、叫んでも遠のくお父さんの背中。夢ではないのになぜ届かないのだろう。どんどん小さくなり、絶対届かないところまで行ってしまったお父さんを、振り向かせたかった。

届くはずのない叫び声を、自分の心に向かってあげていた。息苦しくなるほど、自分で自分の胸を締めつけて。

三　新しいお父さん

僕の名前は十年間で三回変わった。「加藤孝」から「新谷孝」になり、「一ノ瀬孝」になった。四歳の時両親が離婚し、お母さんの旧姓に戻ったが、三年前、僕が一年生の時お母さんは再婚し、今の名前になった。お母さんも三回名前が変わり「一ノ瀬栄子」になった。そして僕には新しいお父さんができた。

僕は本当のお父さんのことをあまり覚えていない。小さかったことと、物心ついた時には、お父さんは、あまり家にいなかったから。いつもお母さんと二人だけで過ごしていたような気がしている。たまにお父さんが家にいた時は、お母さんと言い合っていることがほとんどで、お父さんがいない方が、楽しかったような気がしていた。

お母さんは優しかった。いつも僕を見てくれていた。でも、いつも悲しそうだった。寂しそうだった。僕を抱えて泣いていることがよくあった。小さく震えるお母さんの腕は、僕まで悲しくした。

僕を保育園に預け、仕事に行く時いつも、「ごめんね。ごめんね」と言って僕を保育士さんに預け、「遅くなってごめんね」と言って迎えに来る。いつも、「ごめんね」が口癖だった。

いつも最後まで残ってしまう僕は、「お母さんは、どうしてもっと早く迎えに来てくれないいんだろう」と心細さで半泣きになりながら、友達が誰もいなくなった部屋で、保育士さんと二人で待っていた。すごく遅い時は、「お母さんどうしたんだろう。僕のことを忘れちゃったのかな?」と不安でいっぱいだった。お母さんが来たら、「遅いぞ!」と文句を言ってやろうと思っていても、いざお母さんの、「遅くなってごめんね」という声を聞くと、ほっとして何も言えなくなってしまう。お母さんの、「ごめんね」の言葉には、どんなことでも許せてしまうような不思議な力があった。

離婚して、お父さんがいなくなっても、僕は寂しいとか、悲しいとかは思わなかった。もともとお父さんとは、親子としての触れ合いも心の繋がりも会話もなかった。小さかったから覚えていないということではなかったと思う。心も肌も覚えていないのだから。覚えていないことが残念でならない。お父さんっていうのは、どんな感じなんだろう。僕のお父さんは、どんな人だったのだろう。

お母さんの手は優しくてあったかいけれど、お父さんの手はどんなんだろう。大きくて、ゴツゴツしているんだろうか。お母さんの声は穏やかで、か細いけれど、お父さんの声は、元気な明るい声なんだろうか。お母さんの胸は安心するけれど、お父さんの胸は、もっと安心するのだろうか。お父さんに抱かれたら、どんな感じがするんだろうか。友達のお父さんを見て想像する。そして、僕のお父さんはどんな人だったのかを、一生懸命思い出そうとする。でも何も思い出せない。きっと、抱きかかえられたこともあっただろうし、優しく名前を呼ばれたこともあっただろうけれど。

お父さんがいる家とはどんな家なんだろうか。いつもお母さんと二人きりなので、そこにお父さんがいることは想像できない。友達はお父さんと、どんな話をするんだろうか。テレビのドラマで見る家と、僕の家は、あまりにも違いすぎる。僕の家は静かだ。

お父さんがいなくても寂しくはないけれど、友達がお父さんとキャッチボールをしているのを見たり、お父さんと手を繋いでいるのを見たりすると、うらやましかった。

「サンタって本当はお父さんだよ」なんて、保育園で友達が話しているのを聞くと、その場からそっと離れた。

「お父さんがクリスマスの時だけサンタになって戻ってこないかな」なんて思った。

僕には優しいお母さんがいるから、寂しくなんかないと、いくら自分に言い聞かせても、やっぱりお父さんが欲しかった。キャッチボールをしてくれるお父さん。サンタの帽子をかぶってクリスマスプレゼントを持ってきてくれるお父さん。大きな、たくましい腕で、僕をすっぽり包んでくれるお父さんが。

僕は一年生に入学した時から「一之瀬孝」になった。でも、僕が初めて、新しいお父さんになる一之瀬明さんに会ったのは、入学式から一か月以上も経った時だった。

今日、僕がそっと座ったベンチのある公園。あの、とき色に染まり、すべてを優しく包み込んでくれた公園。僕にとってあの公園は特別な公園だった。嬉しい時のブランコは空高く揺れ、悲しい時のブランコはちっとも揺れなかった。悔しい時に座るのは、いつもあの公園のベンチの隅っこだった。僕の気持ちを一番知っている公園だった。

その日、お母さんに誘われ、僕にとっては特別なあの公園に散歩に行った。今日のとき色とは違って、日はまだ高く、ケヤキの木は日の光をいっぱいに浴びて煌《きら》めいていた。ブランコもベンチも座ってくれる人を誘うように、張り切っていた。

僕がいつも特別な時に座る、そのベンチの真ん中に座っていたのが、僕のお父さんになる一之瀬明さんだった。

「新しく、孝のお父さんになる人だよ。ちゃんと挨拶して」

と、お母さんが、僕の頭を押してお辞儀をさせた。僕はぺこりと頭を下げた。

新しくお父さんになるという一之瀬明さんは、

「今日から僕が孝君のお父さんだよ。男同士よろしく」

と、大きな手で頭を撫《な》でてくれた。爽やかで、たくましく、日焼けした笑顔が眩《まぶ》しいほど輝いていた。

初夏のきらめく日差し、芽吹いたケヤキの葉が一斉に手を広げ、躍動的な季節の始まりだ。そんな季節にピッタリの、まるでその季節そのもののような、テレビ画面から飛び出してきたような人だった。

新しいお父さんとの出会いは、何かの始まりのような予感を与えた。しかも、僕にとっては特別なこの公園で。こんな人がお父さんだったらいいなと、友達のお父さんを見ていつも思っていたので、一之瀬明さんに挨拶された時は、飛び跳ねたいほど嬉しかった。本当にこの人が僕のお父さんになるんだと思ったら、胸の奥が、キューンと音を立ててときめいたような気がした。

でも、僕は心の中でガッツポーズをしただけで、表情にも、行動にも表さなかった。いや、表せなかったのだ。なぜだか分からない。僕はいつもそうだ。どんな場面でも、僕にも感情はあるのだが、いつも自分の心の中だけで表す。

感情が乏しいわけではないと思う。嬉しい、悲しい、悔しい気持ちはいつも心の中にある。僕はそれを表現し、誰かに伝えることが苦手だ。感情を誰かに伝えていいのかも、どう伝えていいのかも分からない。分からないから、自分の中で処理する。

小さい時から、僕の感情を受け止めてくれる人はいなかった。いつも空振りだった。だから、嬉しいことも、悲しいことも、自分の心の中だけで、感じていればよいものだと思っていた。つらい時、悔しい時、歯を食いしばってぐっと我慢する。言いたい言葉を飲み込み、にじむ涙を必死で抑える。そうすることが一番いい子でいられると思っていた。

気持ちを爆発させるような過激な言葉を口にしたら、お母さんに心配をかける。涙なんか流したら、お母さんを悲しませる。だから、お母さんを守るため、お母さんにとっていい子でいられるように、いつも感情は自分の外には出さなかった。それがいつの間にか、当たり前になっていた。

苦しい時、悲しい時はそうすると、「強い子だね」とか「えらいね」と褒められた。だからそれでよかったのだが、反対に、嬉しい時、楽しい時に感情を押し殺すと、「嬉しくないの?」とか「何か不満なの?」とか責められることがつらかった。でも、そんな言葉にも慣れ、そのうちに無表情、無反応でいることが当たり前になってしまった。

公園に行けば、ブランコやベンチが、僕の気持ちを受け止めてくれる。ブランコは乗るだけで、一緒に喜び、一緒に悲しんでくれる。心の中だけで、嬉しさも悔しさも嚙《か》みしめられる。そのためにいつも、お母さんや、保育園の先生からは、「何を考えているのか分からない子」とか「難しい子」などと言われていた。

僕のお父さんになる人、一之瀬明さんに挨拶された時、感情通りに、飛び上がって喜んだり、抱きついたり、嬉しいよと言葉に表したりして応えればよかったのかもしれないが、僕は、

「はい」

と言って、いつも通りに軽く頷いただけだった。お母さんは、

「全く。この子は張り合いないね」

と笑っていたけれど、一之瀬明さんは、どう思ったのだろうか。保育園の先生のように、「難しい子」と思ったのだろうか。緊張して来たのに、肩透かしを食らったような、張り合いのな

い気持ちになっただろうな。

申し訳ない気持ちでいっぱいだったけれど、これが僕だからしょうがない。でも、僕は「はい」の中に、自分のありったけの嬉しい気持ちを込めたつもりだ。僕の気持ちが伝わっただろうか。短い「はい」の言葉に込めた、僕の精一杯の気持ちをくみ取ってほしい。

新しいお父さんは、僕の心からの「はい」をしっかり受け止めてくれた。

「素直ないい子だね。目が輝いているよ」

と僕を褒めてくれた。初めてだ。初対面の人に褒められるなんて。僕は嬉しくて、いつもは喉の奥で詰まっている言葉が、すらすら口から出てきた。自分から話しかけるなんてこれまでなかったことなのに、なぜだか言葉が、泉が湧くように次から次へと出てきた。ずっと胸の中に溜《た》めていたものが、堰《せき》を切ったように、どんどん出て来る。

「〝お父さん〟って呼んでいいの？」

「当たり前じゃないか。今日から孝君のお父さんだよ」

「ねえ、お父さん。休みの日に、キャッチボールをしてくれる？」

「キャッチボール、いいなあ。やろう。お父さんは中学生の頃、野球をやっていたんだよ。教えてやるからな。キャッチボールはね、ちゃんと相手を見ていないとできないんだよ。ボールだけじゃなく、お父さんもちゃんと見るんだよ。グローブとボール持っているか？」

「持ってないよ。友達がやるのを見ていただけだから」

「じゃあまず、ボールと孝君の手に合うグローブと、お父さんのグローブも買わなきゃ」

「僕のことを呼ぶ時は、孝でいいよ。お父さんが、自分の子どもに君なんか付けたらおかしいよ」

「そうだな。これからは、孝だ」

「ねえ、お父さん。お母さんと三人で、手を繋いでお出かけしたいな」

「三人で、レストランに行こうか」

「僕、ハンバーグが食べたい」

学校の先生にも、保育園の先生にも、お母さんにも、こんなにいっぱい、すらすらと話したことはなかった。なぜだろう。お父さんは、一瞬のうちに「難しい子」の心を解きほぐした。そして、ずっと前から僕のお父さんでいたかのようで、僕は、話したいことが次から次へと湧き上がってきた。

「クリスマスの時には、サンタさんになってくれる?」

「お父さんではなくて、本物のサンタさんが来てくれるよ」

「サンタさんは、本当はお父さんなんだよ。知らなかったの?」

「なあんだ。もうそんな歳か。分かったよ。ちゃんとサンタになって、ほしいものをプレゼントするよ。まだクリスマスには遠いけれどね」

お父さんは、僕が聞いたことには優しく答え、僕が望んだことは、全部叶えてくれた。

もちろんキャッチボールも。僕はお父さんの顔をしっかり見て投げ、お父さんも、「孝、いいか。しっかりグローブを広げていろ」と僕に声をかけ、僕を見て、僕に向けて投げてくれた。僕は嬉しかった。自慢のお父さんだった。

僕はお父さんとキャッチボールをしたことや、レストランに行ったことなどを友達に言いふらした。

お父さんは、宿題をしなかったり、友達と喧嘩したりした時は、僕の顔を見て、

「宿題はきちんとしなければいけないよ。大人になって、どんな仕事をするのにも、決められたことは、責任を持ってしなければいけないんだよ。今はその練習だよ。だから今から、決められた宿題はきちんとやるんだよ。信頼される大人になるためにね」

と教えてくれた。また、

「喧嘩は、どちらかだけが全部悪いということはないんだよ。もし、自分は全然悪くないと思っていたら、もうその子とは友達でいられなくなるかもしれないよ。ほんの少しでも、自分も悪かったと認めることが、相手を認めることになるんだよ。喧嘩はいっぱいしていいよ。あとでちゃんと分かり合えたらね。でも、暴力だけは絶対いけないよ」

と諭してくれた。お父さんの言葉は僕の心に沁みた。僕を見て、僕の心に伝えてくれるから。

僕はお父さんの言葉が大好きだった。お父さんのことが大好きだった。

お父さんと、お母さんと、僕の三人家族の生活は楽しかった。お父さんの存在と、お母さん

の笑顔は、僕を「難しい子」でなくしてくれた。
弟が生まれるまでは……。

四　弟の誕生

僕が二年生になるちょっと前、弟の宏治《こうじ》が生まれた。僕の家族が一人増えた。毎日が宏治を中心に、にぎやかに過ぎて行った。弟は可愛かった。お母さんもお父さんも、みんな弟を可愛がった。これまで家族の中心にいた僕のことなんか忘れたかのように、みんな宏治に夢中になった。赤ん坊だし、可愛いいからしょうがない。

次第に宏治中心の生活になっていき、僕がいつものようにお父さんに話しかけても、お父さんは「ちょっと待っていて」とか、「あとで聞くよ」とか、宏治のことばかりに夢中で、僕とはあまり話をしなくなった。それどころか、僕を見てくれることさえなくなってきた。しつこく話しかけると「うるさい」と怒鳴られるようになった。

宏治は僕の存在全部を持って行ってしまった。お兄ちゃんになるということは、こんなに寂しくて、悲しいことなのだろうか。

弟が生まれたら、お父さんはまるで人が変わったようになってしまった。僕のお父さんでいた日がなかったかのように。僕なんかいないように、弟とお母さんしかいない家族のように、僕は無視されるようになった。

お母さんも変わってしまった。宏治の世話をしなければいけないので、僕のことを後回しにするのはしょうがない。でもそれだけではない。お父さんにとても気を遣っている。この家では、お父さんのすることがすべて正しくて、お父さんに従うことが当然になっていた。だからお母さんは、もはや僕のお母さんではなく、お父さんの家来のようになっていた。

ある日、僕は聞いてしまった。二人で宏治の寝顔を優しく見守りながら、お父さんとお母さんが話しているのを。

「やっぱり自分の子どもは可愛いな。血が繋がっているということは不思議なものだな。宏治は理屈なく可愛いよ。孝とは、無理に親子になろうとしたけれど、やっぱり他人だったよ」

「そんなこと言っても、私にとっては孝も血が繋がった子どもだよ」

「好きでもなかった人の子だろう。孝ができたから結婚したけれど、本当は生まれてほしくなかった子だと言っていただろう。だからすぐに別れたんだろう」

「加藤のことは言わないで。思い出したくない」

「孝が偏屈なのは、加藤に似たのかな」

「孝が大きくなるにつれて、加藤に似てくるのよね。それが嫌で、わざと見て見ないふりをしてしまうの。かわいそうだとは思うけれど」

「俺も最近、孝の父親を演じることがつらいよ。それに、あのまっすぐな目でじっと見つめられると、怖くなる時があるよ。だからつい無視してしまう。宏治は俺の子だから、自然でいられる」

「孝も二年生。もうそんなに手がかからない歳だから、あんまり無理しないで、放っておこうね。あの子は強い子だから大丈夫だよ」

お父さんとお母さんの話は、何を意味しているのだろう。八歳の僕が一生懸命考えて分かったことは、お父さんにとって僕は本当の子どもではないから可愛くない。弟の宏治は、本当の子どもだから可愛い。お母さんも、僕は好きな人の子どもではないから、宏治のようには可愛くないと思っている。生まれてほしくなかった子どもだとも言っていた。

僕は、お父さんとお母さんにとって邪魔な子どもなのか。そういうことだろうか。だから、宏治が生まれてから、お父さんは僕に何も話してくれなくなったのか？　お母さんは、宏治に手がかかるから僕を見てくれないのではなく、僕が、本当のお父さんに似てくるのが嫌だったから僕を見てくれなくなったのか？

でも、そんなのは僕のせいじゃない。僕にどうしろと言うんだ。僕にはどうしようもないことばかりだ。

僕だってお父さんの子どもだよ。お父さんがそう言ってくれたでしょ。あの日、あの公園で僕に言ったじゃないか。

「今日から孝君のお父さんだよ。男同士よろしく」と。

あの時から、宏治が生まれるまでのお父さんは優しかった。強かった。かっこよかった。僕の憧れだった。

でもそれはみんな演技だったの？　僕はいつも真剣に聞いていたのに、お父さんは、本気で言ったのではなかったんだね。僕なんか見ていなかったんだね。ただ当たりさわりのないことを、役者のように演じていただけなんだね。僕には心の奥まで沁みたのに。

お父さんは僕に向けて話していたのではなく、誰でも良かったんだね。誰にでも当てはまることを、当たり前のように話していたんだね。僕のはるか向こうにいる、見えない子どもに向けて話していたんだね。そこには僕なんかいなかったんだね。お父さんがそんなことを思っていたなんて、悲しいよ。悔しいよ。

お父さん、お父さんの子どもである僕は、すぐ目の前にいるんだよ。僕を見て！　そして、叱っても怒鳴ってもいいから、僕に話をしてよ。前のように、お父さんの言葉で、僕を諭してよ。演技でもいいから。僕は、はるか向こうにいる見えない子どもじゃないよ。ここにいるよ。いつでもお父さんのすぐ目の前にいるよ。気づいてよ！　宏治だけではなく、僕だってお父さんの子どもだよ。

心の中で必死に叫ぶが、お父さんには届かない。もう、前のようなお父さんではない。僕は何も悪いことはしていないのに。僕がお父さんに似ていないから？　僕が前のお父さんに似ているから？　僕はどうすればいいの？　お父さんの背中はどんどん遠くなる。いつも遠くで背中を向けている。わざと僕の心の叫びが聞こえないようなところで、僕ではない子を見ている。僕ではない子だけを見ている。

お父さんが僕に話しかけてくれることを考えると、万引きしたという罪悪感よりも、期待感の方がはるかに大きかった。

お父さんは、どんな言葉で僕を叱るんだろう。心臓が飛び出るほどの思いをしてきたばかりだというのに、なぜだか僕はわくわくしていた。今度こそ、僕の声が届きそうな気がしていたから。

絶望感の中でも、僕はまだお父さんを追い求めていた。どうしたら僕を見てくれるのだろうか。何をしたら僕の存在を認めてくれるのだろうか。ずっとその方法だけを考えてきた。考えて、考えて、十歳の僕がたどり着いた結果が、万引きだった。

うなされながらも眠ったのだろう。体中に汗をびっしょりかいて、パジャマは半分脱げかけていた。僕は夢を見ていたわけではない。夢であったらいいと思うけれど、これは夢ではなく現実なんだ。認めたくないけれど、お父さんの背中がどんどん遠くになっていくのは、止めようもない事実だった。追いかけても、追いかけても、背中は小さくなる。

五　駄菓子屋のおばあちゃん

次の日、僕は寝不足でぼんやりする頭の中でも、いつ先生から呼び出されるか、一日中神経をとがらせていた。しかし、帰りの会が終わっても先生は何も言わなかった。いつもと同じ時間が流れ、学校を出た。

「おばあちゃんは、今日学校に言うのかもしれない。明日呼び出されるんだろう」と思い、駄菓子屋の前も公園の前も通らないで、回り道をして帰った。

しかし、次の日も、その次の日も、先生は何も言わなかった。まるで何事もなかったかのように、同じ毎日が過ぎて行った。

「おばあちゃんは、なぜ学校に言いに来ないんだろう。十円の風船ガムだったからかな。それとも、初めてだったから見逃してくれたのかな。名前を忘れたのかな」など、いろいろなことが浮かんでくる。念入りに計画して実行したつもりでも、思ったようには行かなかった。

しかし、ここでやめるわけには行かない。長い間考え続けてきたことだ。どうしても僕は、万引きした悪い子にならなければいけないのだ。そうしなければお父さんは振り向いてくれない。どんなことをしても、僕は万引きをしたという事実をお父さんに知らせなければいけない。

「そうだ、もう一度万引きをしよう。今度は百円のカップラーメンにしよう。一個ではなくたくさん取ろう。名前を見せるために、もっと字を太くしよう」

僕は、もう一度万引きをすることにした。あの苦しみをもう一度味わうのかと思うと、体中の血が逆流するような、気を失いそうな感覚に襲われる。でも、お父さんに対する思いは変わらなかった。お父さんに振り向いてもらいたかった。

いくら誰にも知られなくても、おばあちゃんは咎めなくても、僕は自分が万引きしたという事実を消すことはできない。僕の心の中には、一線を越えてしまったという事実が一生残る。まっさらな心に一点の染みができた。一つできてしまったら二つ目はさほど気にならない。どうせ僕は悪い子になってしまったのだから、もう一度万引きをしても変わらない。

そうは思っても、やはりドキドキする。やめようかなとも考える。二度目はそんなに動揺しないだろうと思っていたのだが、やはりそんなに簡単には割り切れない。また自分と闘わなければならない。しかし、後には引けなかった。お父さんに振り向いてもらいたいという気持ちは、前にも増して大きくなる。

あの万引きから二週間後、僕はお金を持たないで駄菓子屋に行った。前と同じように、おばあちゃんと二人だけになる瞬間を待った。

チャンスはすぐに来た。僕は、風船ガムと水飴をポケットに入れ、カップラーメンを手に持って、おばあちゃんの前に立ち、名札を見せた。そして向きを変え、走り出そうとした。

その時、

「孝君だね」

と、おばあちゃんが言った。いつもはゆったりとした穏やかな口調が、思いもよらぬほどの大きくはっきりした声だった。

僕はびくっとしてその場に止まってしまった。その声は、なぜか威厳があり、全身に響いた。僕は走り出すことができなかった。おばあちゃんは続けた。

「孝君、待っていたよ。風船ガムを取ったのには何か訳があったんだろう？　ずっと来なかったのは、何か悩んでいたんじゃないのかい？」

「えっ……」

僕は何も言えなかった。言葉が見つけられなかった。万引きしたことをおばあちゃんは覚えていたのだ。その上で、こんな優しい言葉をかけてくれるなんて、僕はなんて馬鹿なことをしてしまったのだろう。

おばあちゃんは、無言のままじっとしている僕にたたみかけた。

「前からこの店に来ていたけれど、万引きなんかするような子じゃないよね。ここに来る子はみんないい子だもの。孝君だっていい子だよ。ガムが欲しいわけでも、カップラーメンが欲しいわけでもないよね」

おばあちゃんの質問に答えることができず、立ち尽くす僕に、おばあちゃんは万引きを咎めるどころか、優しく話しかけてくれた。

身動きどころか、瞬き一つもできずにじっとしている僕に、

「悩みがあるならおばあちゃんに話してごらん。おばあちゃんじゃ頼りないと思うだろうけれど、悩みというのはね、誰かに話したら案外楽になるものだよ」

おばあちゃんは、僕に向かって、ゆっくりと諭すように話した。以前のお父さんの言葉のように。おばあちゃんの言葉は、僕の心に、体に沁みていく。乾いた砂に水が染みていくように。

今にも溢《あふ》れそうな、熱くこみあげてくる涙をこらえて僕は、手に持っていたカップラーメンと、ポケットの中の風船ガムと水飴を、おばあちゃんの前に置かれた机の上にそっと置いて、

「ごめんなさい」

と一言、小さな声で言うのが精一杯だった。震えが止まらない体から、心底絞り出すように出した声だった。

そして頭を軽く下げ、おばあちゃんに背中を向けて歩いた。走れなかった。早くその場からいなくなりたかったのに、走れなかった。おばあちゃんの優しさを振り切ることはできなかった。おばあちゃんをこれ以上裏切ることはできなかった。走って逃げることは、おばあちゃんの気持ちに逆らうような気がしたから。

ゆっくり歩いた。心と体がちぐはぐに動いた。まるで、夢の中でのもどかしい出来事のように。そしてまたあの公園に来た。

公園のベンチの端っこは、僕が行く時にはいつも空いている。まるで僕を待っているかのように。ベンチの端っこにそっと座るだけでつらい気持ちを和らげ、行き場のない僕の心を受け止めてくれる。誰もいないのに、真ん中ではなく端っこに座ってしまう僕を、自然に受け入れてくれる。ケヤキの木は、高いところから「大丈夫だよ」と囁いてくれる。

僕は、おばあちゃんの言葉を反芻していた。

「孝君は、悪いことをする子じゃないよ。孝君はいい子だよ。何か訳があったのだろう」

おばあちゃんは僕を信じてくれていた。何より僕の名前を覚えてくれていた。僕のことを気にかけてくれていた。僕は恥ずかしかった。僕はとても後悔した。僕のことをこんなに温かく見守ってくれている人がいるのに、僕は人として絶対にやってはいけないことをしてしまったんだ。自分のことばかり考えて、取り返しのつかないことをしてしまった。

もうこれ以上、おばあちゃんを裏切ることはできない。

「悩みがあるのなら話してごらん」と言ってくれた。僕の心に寄り添おうとしてくれたのに、僕はその言葉すら裏切ってしまったんだ。

でもおばあちゃん、誰かに話せるような悩みじゃないんだよ。どう話せばいいのかも分からないんだよ。

「おばあちゃんごめんなさい」「おばあちゃんありがとう」と心の中で謝りながら、同時におばあちゃんの温かい心にお礼を言った。そして、お父さんのことも、万引きのこともすべて自分一人で解決していかなければいけないことだと分かった。じっと耐え、一人で生きていける日を待つことだと悟った。

僕の帰る家は、本当のお父さんではないお父さんと、本当はいらないと思いながら僕を産んでしまったお母さんと、僕の幸せを全部持って行ってしまった弟がいる家だ。その中で僕はまた「貝の口」になって「難しい子」になればいい。自分の感情は心の奥底にしまって、「いい子」でいられるようにすればいい。新しいお父さんができる前の僕に戻ればいいんだ。

十歳の自分に言い聞かせる。もう、お父さんを振り向かせることはやめよう。そして、自分の心を傷つけるのもやめよう。あの風船ガムを万引きした時に奮い立たせた勇気は、やはり間違った勇気だったんだ。おばあちゃんに言われて気が付いたのではない。自分ではじめから分かっていたんだ。悪いとわかっていてやるのは勇気ではなく後悔だ。分かっていたことをおばあちゃんに言われて、僕は目が覚めた。どんなにつらく、苦しくても、自分の心には正直に生きよう。

六　嵐のはじまり

宏治は一歳半になった。何にもつかまらないでヨチヨチ歩きができるようになった。ちょっと目を離すと居間だけでなく、家中どこでも歩き回る。お母さんが洗濯物を取り込む時や、夕飯の支度をする時には、僕はいつも宏治の見張り役だ。

この日も、

「孝、宏治を見ていて。洗濯物を入れるから。何でも口に入れるから、目を離さないで」

と、お母さんに頼まれた。宏治の見張り役は大変なのだ。何でもすぐ口に入れる。だから、飲み込んでしまいそうな小さなものは、手の届かない高いところに置いた。それでも、テレビのリモコンや、僕のゲーム機をやたらに舐《な》める。慌ててゲーム機を取り上げると、トコトコと玄関の方に歩いて行った。僕はよだれでベチョベチョになったゲーム機をティッシュで拭いていた。その時だ。

「うえーん」

という大きな泣き声が家中に響いた。慌てて玄関に行くと、宏治は玄関のコンクリートのたたきに頭から突っ込んだような格好で泣いていた。急いで抱き上げると、宏治のおでこから血がにじみ出ていた。おろおろしている僕に間髪容《い》れず、

「孝、何しているの！」

と、興奮した甲高い声が飛んできた。

「ちゃんと見ていてと言ったでしょ！」

と同じトーンでかぶさってきた。宏治を心配する前に、僕を責めることを忘れない。僕を責めてから走り寄ってきて、宏治を抱きかかえて様子を見る。おでこから血がにじみ、赤くなっていた。ここでも、宏治の傷の手当てより先に、僕に向かって矢継ぎ早に、僕を責める尖《とが》った言葉が飛んできた。

「孝は何していたの。宏治から目を離しちゃダメと言ったでしょ。どうせゲームしていたんでしょ。お父さんに言ってゲーム機を取り上げてもらうからね。お兄ちゃんなんだから、小さい弟の面倒を見るのは当たり前でしょ。いやいやながら見るからこんなことになるのよ」

お母さんの言葉は止まらない。言い訳などするつもりはないけれど、なぜ僕だけを責めるんだろう。何も言えず、ただお母さんと宏治を交互に見つめて立ち尽くしていた。

「何よ、その反抗的な目は。反省していないでしょ。宏治はこんなに痛い思いをしたんだから、ごめんなさいくらい言いなさいよ」

お母さんの言葉の嵐から逃れられたのは、遅ればせながらも、お母さんが宏治の傷の手当をし始めた時だ。おでこを消毒している時に、そっと自分の部屋に入った。

お父さんが帰ってきて、紫色に腫れ上がった宏治のおでこを見て、

「どうしたんだ、その傷は」

と、当然のように聞いた。

お母さんは、待っていましたとばかりに、僕が悪くて宏治が怪我をしたことを話した。

お父さんは、僕を睨《にら》みつけただけで、何も言わなかった。何も言わなかったことが僕への憎悪を表していた。無言の中に、僕の心を威圧するお父さんの気持ちが、十分すぎるほど見て取れた。

言葉で責められた方が、どんなに気持ちが楽だったかしれない。言葉は人を傷つけることがあるが、言葉でバッサリ切り捨てられる方が、無言の圧力より潔い。言葉を介しない方が、不安をあおり一層心に深く突き刺さる。僕を見る目がそれを物語っていた。得体のしれない無言の圧力が、僕を覆い始めた。当然のようにゲーム機は取り上げられた。

毎日を波風立てずに、ただただじっと、流れに逆らわずにこの家にいたのに、とんでもない大嵐が来てしまった。

この日を境に、お父さんとの会話は消えた。代わりに何か気に入らないことや、僕が宏治を泣かすようなことがあると、僕を蹴るようになった。あの時の見えない圧力が、徐々に形になっていく。僕を見る目が嫌悪感で溢れていく。

僕を敵対視しているからか、僕のすることはどんなことでも気に入らない。いや、僕の言動から、暴力をふるう原因をいつも探していたのかもしれない。自分の本当の子どもである宏治を、自分の本当の子どもではない僕から守るために。僕と宏治は本当の兄弟ではないということを、僕に示すために。そして、自分は本当の父親ではないということを、言葉を介さずに僕に伝えるために。もしかしたら、僕の存在自体を消したかったのかもしれない。

そんなお父さんの気持ちに気づいてしまった僕は、これまでのように素直な気持ちでお父さんを見ることはできなかった。きっと僕の目もお父さんに突き刺さっていたんだろう。お互いの気持ちは、決して交わることのない平行線のように、意地の張り合いになっていたんだろう。

お父さんは決して顔を殴ったりはしない。青あざができたら、誰かにどうしたのか問われるから。お母さんにも、誰にも気付かれないように、太ももや、すねを蹴る。僕が誰かに告げ口をしたり、助けを求めたりはしないということを知っているから。僕が一人でじっと耐えられると分かっているから、誰にも見えないところを蹴る。まるで僕とお父さんの二人だけの暗黙の了解とでも言いたげに。

お母さんはきっと知っていただろう。でも、知らないふりをした方が、もめ事が起こらないのを分かっていたから、黙っていたんだろう。お母さんは、そうすることが自分と幼い宏治を守るための、最善の方法だと思い込んでいたに違いない。

僕はそのことを知っていたから、お母さんに助けを求めることは決してしなかった。お母さんを困らせるだけだから。保育園の時のように、感情を自分の中に閉じ込めて、じっと我慢していればいい。それが一番いい子でいられることだから。僕はそんなことには慣れている。

七　学校で

夏休みも過ぎ、田んぼの畦には、鮮やかな朱色の彼岸花が咲き始めた。

彼岸花が咲いたらもう秋だ。運動会だ。毎日埃《ほこり》まみれになってグランドを飛び回る。

僕はリレーの練習中に転んで、ひざをすりむいてしまった。保健室で手当てをしてもらって、教室に戻ろうとした時だ。

「孝君、ちょっと待って」

保健の先生に呼び止められた。

「どうしたの？　そのあざ」

「えっ、これ？」

と、僕は体育着の半ズボンの端っこから少しはみ出ていた、紫色のあざをさすった。

「そう、それよ。そんなに腫れ上がって。痛いでしょ」

「テーブルにぶつけちゃった。痛くないです。大丈夫です」

「いくらそそっかしくても、そんなところをぶつけるわけないでしょ。まっ、そんなことはどうでもいいから、ここに来て。湿布を貼ってあげる」

そう言って、そばに来るように手招きした。先生は、テーブルにぶつけたものではないことを分かっていたと思うのだが、理由は何も聞かずに、大きな湿布を紫色に腫れ上がった太ももに貼ってくれた。ずきずき痛かった太ももが、ひんやりした優しさに包まれた。痛みがすっと和らいでいくような気がした。冷たいのに温かな気持ちになった。

「ありがとうございました」

僕はいつもより大きい声で挨拶をし、ぺこりとお辞儀をして教室に戻った。

今日の運動会の練習はもう終わりだ。早く長ズボンにはき替えなくては。隠す必要はないのだが、なぜか早く湿布を貼ってもらった太ももを隠したかった。嬉しかったのに、なぜか見られてはいけないものを見られてしまったような気がした。湿布を隠したいのか、あざを隠したいのか。湿布は僕だけの秘密にしておきたい。当然あざも秘密にしておかなければならない。うっかり見せてしまったあざだが、今はあざのことより、保健の先生の、温かな気持ちを独り占めしてその思いに浸っていたい。誰かに、「その湿布どうしたの？」なんて言われたくない。あざは見られたくないのではなくて、見られてはいけないもののように思った。だから、急いで長ズボンにはき替えた。

昨日の夜、僕はお父さんに蹴られた。居間のテーブルで宿題をしていた時、宏治がノートに落書きをした。

「それに書いちゃダメ！」

と、強い口調で怒って鉛筆を取り上げた。宏治が、

「うえーん」

と、僕より強く大きな声で泣いた。するとお父さんが、

「こんなところで宿題なんかするな！　自分の部屋に行け！」

と怒鳴った。僕が黙って宿題を片付け、自分の部屋に行こうとした時、いきなり後ろから蹴られた。

お母さんは、

「あなた……」

と声を上げただけで、そのあとの言葉はなかった。お父さんの目を見て、次の言葉を飲み込んだ。次の言葉は何だったのだろう。「暴力はやめて」だったのか、「孝がかわいそうだよ」だったのか、とにかく僕をかばう言葉はお母さんの口からは出なかった。

最近のお父さんはもう、お母さんの目を気にすることもなく、自分の苛立ちを、そのまま僕にぶつけてくるようになっていた。でもお母さんも、目の前で暴力をふるう事実を見てしまったので、見て見ぬふりをすることはできなかったんだろう。しかし、思わず声を上げたものの、お父さんを非難するような言葉を発することはなく、その場は、僕が退散することで収まったのだった。

朝起きたら、蹴られた太ももは紫色に腫れ上がっていた。いつかの宏治のおでこのように。

こんなふうにお父さんの暴力はエスカレートしていった。初めの頃は一か月に一回か二回く

らいだったのが、最近は一週間に一回くらいの割合で、僕を蹴るようになった。だから僕の体からは、あざが消えることはなくなっていた。そして、治る頃には新しいあざができるようになった。


学校では月に一度体重測定をする。どんなに寒い時期でも、体育着の半袖シャツに短パンという格好にならなければいけない決まりがある。

なぜそんな決まりがあるのかを、僕は知っている。全校児童の体をチェックするためだ。発育状態やアレルギーはもちろんだけれど、一番の目的は、僕のように、体に異常な傷やあざがないか確かめるためだ。

運動会も終わり、肌寒くなってきた十一月の体重測定の日、僕はわざと体育着を持っていかなかった。長袖シャツと長ズボンで体重測定に行った。

「孝君、半袖、短パンだよ。着替えて」

と保健の先生が言った。

「忘れちゃったから、これでいいですか。このシャツは薄いから、大して体重なんて変わらないと思います」

と、分かっているのにちょっと反抗してみた。反抗しなければならない理由があったから。

指示に従えない理由があったから。

すると担任の若い男の先生が、

「そういう問題じゃない。決まりは決まりだ」

と、ぴしゃりと僕の言葉を払いのけた。

「しょうがない。孝は最後にしよう。パンツ一丁でやれ。男だ、何も恥ずかしいことはない」

そう言って、僕を最後に残した。嫌だと言える雰囲気でもなかったし、言い返す勇気もなかったし、保健の先生はにこにこ笑っているし、僕は担任の先生の指示に従うしかなかった。何よりも、半袖、短パンになれない理由を口にすることはできなかった。

僕はこの日、ズボンを脱ぎたくなかった。右側のお尻の下を見せたくなかった。おとといお父さんに蹴られたのだ。理由はまた、あってないようなもの。

「テレビばかり見ていないで早く寝ろ」ということ。ゲーム機を取り上げられたから、僕はテレビを見ることしか楽しみはない。九時前だというのに、僕は邪魔だから、いなくなれということらしい。

なぜだか最近反抗的になったように自分でも思う。お父さんの態度に反抗しているのか、単なる反抗期なのか。抑えられない感情を、お父さんに向けた。僕の目はお父さんの心の奥底まで突き刺さったに違いない。僕はそれくらい強い感情でお父さんを睨んだのだ。

そのとたん、突然お父さんの足が飛んできた。前と同じような箇所を蹴られた。

二日経ったのに、あざは消えていない。だから、短パンにはなりたくなかった。長ズボンさえはいていれば誰にも知られないで済む。だからわざと体育着を忘れた。特に保健の先生には見られたくなかった。運動会の練習の時、理由も聞かないで湿布を貼ってくれたが、どうしてできたあざか、気づいていたようだ。だから、今日もあざがあったら絶対に不審に思うだろう。いや、不審に思っていたことが、確信に変わるだろう。

担任の先生にも知らされていたことだろう。担任の先生は、今日の測定で自分の目で確かめるつもりなんだろう。だからパンツ一丁になれなんて言ったんだ。

様々な考えが、頭の中をぐるぐる回っている。気持ちが整わないうちに、とうとう最後の僕の番になった。

「いくら男でも、パンツ一丁じゃあ孝が恥ずかしいだろうから、みんなは教室に行って、ドリルの続きをしていろ」

と、担任の先生は僕に気を遣ってくれた。でも、僕をパンツ一丁にすることは譲らなかった。どうしても僕の体にあざがないか確かめたかったんだろう。

「ほれ、誰もいなくなったよ。早くズボンとシャツを脱いで、体重計にのれ」

と催促した。渋っている僕に、

「保健の先生なんておばさんだよ。恥ずかしくなんかないよ」

と、固く閉ざしている僕の心を和らげようとしてくれたのだが、その言葉に反応したのは僕ではなく、保健の先生だった。

「何がおばさんですか、失礼な。確かにおばさんですが、女は女よ。でも先生はみんなの体を守るのが仕事だから、毎月の測定はしっかりしなくてはね」

と、ちょっとすねたように言ったが、その口調は明らかに、僕の心を解きほぐそうとしたものだった。

「とにかく早く脱いで、早く測っちゃえ。次のクラスが来るぞ」

と、担任の先生は僕を急《せ》かした。僕は覚悟を決めズボンとシャツを脱いだ。

なんの覚悟だったのかよく分からないが、あざを見られたら、何かが起こるような気がしていた。無防備に湿布を貼ってもらった時とは違う気持ちになっていた。このあざは誰にも見せてはいけないものだ。僕とお父さんを守るために、絶対誰にも見られてはいけないものだと分かっていた。でも、この状況で、僕はズボンとシャツを脱がないわけにはいかなかった。意を決してパンツ一丁になって体重計にのった。

「二十八・五キログラム。先月と比べて増えてないよ。四年生にしてはちょっとスリムね。もっといっぱい食べて」

と、保健の先生はさりげなく言ったが、担任の先生は僕のあざを見逃さなかった。もちろん保健の先生も気づいていたはずだが、わざと体重のことだけ言った。それなのに担任の先生はなんの遠慮もなく、

「おい孝、そのあざは何だ」

と、ぶっきらぼうに聞いた。

「転んで箪笥《たんす》にぶつけた」

「お前、器用だな。どんなふうに転べばそんなところにあざができるんだ」

と、僕の嘘《うそ》をお見通しで、黙り込む僕に、

「いつだ？」

とさらに質問してきた。

「おとといの夜」

「どこで？」

「自分の部屋の箪笥の前で」

「なんで転んだ？　年寄りじゃあるまいし、家の中なんかじゃ転ばないだろう」

困っている僕に、

「お父さんか？」

と、声のトーンを極端に落としてつぶやくように聞いた。僕はふいを突かれて、何も考える間もなく頷いてしまった。

「やっぱりそうだったのか。つらかっただろうな。よく我慢したな。初めてじゃないんだろ。よくあるのか？」

と、さらに声を潜めて、質問というより確認のように聞いてきた。

とうとう、越えてはいけない壁を越えてしまった。でも、その予感はあったのだ。ズボンを脱ぐ前の覚悟とはこれだったのだ。いや、もっと前から。体重測定の日と分かっていたのに、体育着を持たないで登校した時から。

お父さんに暴力を受けていたことなど、決して言ってはいけないことなのに。ずっと自分の胸の奥に固めて置いておかなければいけないことだったのに。それなのに僕は、先生の言葉に反射的に、頷いてしまった。

でも、僕はこうなることを望んでいたのかもしれない。一人では抱えきれないお父さんとの関係に、心臓はアップアップして今にも溺《おぼ》れそうだった。僕の心と体は限界だった。ずっと、誰かに助けを求めていた。だから反射的に頷いたんだろう。

先生が「お父さんか?」と聞いた時、一瞬救われたような気がした。隠しておかなければいけないことだったのだが、自分から言ったのではない。だから僕は悪くない。どこかに自分を正当化する、卑怯《ひきょう》な自分がいたが、内心ほっとした。

と同時に、これまで固まっていた涙が、一瞬に溶けていくように、ほほを伝って溢れ出た。いつから固まっていたのか、どれくらいの量が固まっていたのか、涙は後から後から流れ出て止まらない。

パンツ一丁で呆然《ぼうぜん》と立ち尽くし、泣いている僕を、大きなたくましい腕で抱き抱えてくれたのは、担任の先生だった。厚い胸、広い胸、僕が憧れていたお父さんの胸だ。これまでのつらい思いや、悔しい思いを、すべて包み込み、生きる力に変えてくれるような、温かい胸だった。

頭に伝わる先生の息遣いは、僕と同じように、階段を一気に駆け上がった後のように高鳴っていた。そして、僕と同じように体全体が小刻みに震えていた。先生は、これまでの僕の苦しみやつらさを一瞬のうちに分かってくれたのだろうか。一緒に悲しみ、一緒に震え、一緒に怒り、一緒に泣いてくれた。

どれくらいそうしていたのだろうか。僕にはとても長い時間に感じられたが、実際はほんの短い時間だったのかもしれない。

「とにかく、シャツを着て、ズボンをはいてちょうだい」

保健の先生の涙ぐんだ声で、僕は担任の先生の腕から抜けた。ずっとそうしていたかったのだが、そして、これがお父さんだったらと夢のようなことも頭をよぎったのだが、先生はお父さんではない。いくら理想の胸でも、いくら優しくしてくれても、お父さんではないのだ。先生のシャツに涙と鼻水をたっぷり付けてしまったまま、温かい腕の中から離れた。

「つらかったな、孝。これから先のことは先生に任せろ。これ以上、孝につらい思いをさせないようにするから。孝を守るから」

シャツの鼻水をティッシュペーパーで軽く拭いて、

「もう少し保健室で休ませてもらえ。涙が乾いて、いつもの孝になったら教室に戻って来い」

と言って、保健の先生に、

「しばらくここに置いてください」

と、ペコリとお辞儀をして教室に行った。保健の先生はその背中に向かって、

「任せなさい」

と答えた。そして、

「次のクラスが来るから、ベッドで休んでいて」

と言い、ベッドをカーテンとパーテーションで囲った。

程なく次のクラスが測定に来た。

「ベッドで休んでいる人がいるから、静かに素早くしてちょうだいね」

と、僕への心遣いをさりげなくして、手際よく測定を終えた。そして、

「今日の測定はこれで終わりだから、もう気にしなくてもいいよ。カーテンを開けたかったら開けてもいいし、そのままの方がいいのなら、しばらくそうしていてもいいよ」

と言ってくれた。そのことがかえって僕の気持ちを迷わせた。測定が終わって、誰もいなくなった時に「出てらっしゃい」と言われるものだと思い込んでいた。涙はとっくに乾いていて、いつでも教室に行けるのだが、カーテンを開ける勇気が出ない。バツが悪かったのと、どんなふうに教室に行けばいいのか分からなかったから。ベッドに寝ていたわけではない。ただ腰を掛けていただけなので、すぐにでもカーテンを開けることはできるのだが、ちょっと躊躇《ちゅうちょ》していると、

「開けていい？」

と言うのと同時に、パーテーションがどかされ、カーテンが開いた。保健の先生は、

「運動会の練習の時から分かっていたよ。これまでよく我慢したね。先生たちが孝君に一番いい方法を考えるから、安心して。あんまり遅くなっても、教室のみんなが心配するから、そろそろ行けるかな。大丈夫だよ。いつもと同じにしていればいいのよ。さあ、頑張って！」

と言って、僕を保健室から送り出した。

教室に行ったら、担任の先生が、

「よっ、孝、腹の具合はよくなったか？」

と、みんなの前で大きな声で言った。僕は腹が痛くて、保健室で休んでいたことになっていたらしい。

「もう大丈夫です」

と、みんなに聞こえる声で返事をして席に着いた。その後は、いつもと変わらない時間が流れた。

その日の帰り、僕はランドセルを背負ったまま公園に行った。ベンチには座らないで、ブランコに乗った。ブランコは穏やかに、緩やかに揺れた。心地よい揺れだった。万引きをしたあの日と似ていた。

とき色に染まって優しく包み込んでくれたあの日のように、秋の日に長く伸びた影を落としたケヤキの木が、高い空から見守ってくれていた。明日から何かが変わるという予感がして、不安でたまらない僕に、囁《ささや》くように、

「大丈夫だよ。心配しないで」

と微笑《ほほえ》みながら語りかけてくれている。ブランコの軋《きし》む音が、

「僕たちがついているよ」

と励ましてくれている。ベンチはにこにこ笑っている。ここに来れば一人じゃない。応援してくれる仲間がいる。

でも、僕はどうなるのだろう。不安は止まらない。僕にとってはたった一つの帰る家なのに、その家で僕は歓迎されていない。それが分かった時から、僕の帰る家ではないような気がしていた。

それでも、僕の帰る家はそこしかない。晩秋の日暮れは早く、そんなことを悩む暇を与えてくれない。もうケヤキの木の向こうは朱色に染まってきた。さあ、帰らなくては。僕の家に。僕の帰る家は一つしかない。

八　お母さんの思い

担任の先生のシャツに鼻水を付けて抱かれた日から二週間が経った。十二月に入り、小さな街もクリスマスムードに包まれた。規模の小さなイルミネーションが、あちらこちらに煌《きら》めくようになった。

商店街だけでなく、普通の家の玄関にも、赤や青や緑に点滅した電球や、サンタが輝くようになった。僕の憧れた、気の早いお父さんサンタが、そろそろプレゼントを準備する頃だ。

そんなある日、学校から帰りランドセルを置くと、僕の家に知らない男の人が二人訪ねてきた。スーツにネクタイという、僕の家にはあまりふさわしくない格好をしている。

そして、そのうちの少し若い方の男の人が、僕に一緒に来るように促し、お母さんが、スポーツバッグとランドセルを男の人に手渡した。

僕は何のことか分からず突っ立っていたが、お母さんは初めから分かっていたようで、僕の背中をそっと押した。そして、

「ごめんね。少しの間だから。迎えに行くからね」

と言って背を向けた。

＊　＊　＊

孝、ごめんね。本当にごめんね。少しの間だけじゃないかもしれない。これが本当の別れだとお父さんは思っている。だからお母さんもそう思っているの。

お父さんはつらいからわざと、自分のいない時に迎えに来てもらいたいと言っていた。それでこの時間なの。お父さんも本当はつらいのよ。でもそうすることしかできなかったお父さんを許してあげて。

お母さんもすごくつらい。自分の身を切られるよりつらい。少しの間なんて気休めの言葉で、さりげなく送り出すのが精一杯。「さよなら」とか「元気でね」なんて言ったら、その場に立っていられなくなる。だからすぐに背を向けてしまった。最後まで弱いお母さんでごめんね。孝の味方になってあげられなくてごめんね。

お母さんは、お父さんの言うことに逆らえなかった。いつもは穏やかだけれど、自分の思い通りにならないと、機嫌が悪くなって怖い。孝も知っているでしょ？　怖かったでしょ？　孝は心の中で反抗していたけれど、お母さんは芯からお父さんに従ってきた。そして今もそうするしかないの。お母さんの弱さのせいで孝をこんな目に遭《あ》わせてごめんね。謝ることしかできないお母さんでごめんね。

孝は間違いなく、お母さんがお腹を痛めて産んだ子だよ。可愛くないはずはない。愛おしくないはずはない。お母さんがいつも孝を守ろうとしていたことは分かってほしい。信じてほしい。守り切れなかったけれど。

本当のお父さんと別れる時、何よりも悩んだことは、孝をお父さんのいない子にしてしまってもいいのかということだった。孝に、もっとお父さんとのふれあいを作ってあげたかった。でもそれができなくて、孝からお父さんを奪ってしまった。お母さんの我儘《わがまま》で。ごめんね。

小さい頃から、孝がお父さんと呼べる人を追い求めていたのは分かっていた。一之瀬さんは、孝のお父さんになると言ってくれた。お母さんの願いも孝の願いもみんな叶えてくれる人だと思った。でも、孝の願いを叶えてあげることはできなかった。また孝からお父さんを奪ってしまったね。ごめんね。

お母さんは、誰かに頼っていないと生きていくことができなかった。孝を責めて、宏治を守ることが、お父さんに対する従順な気持ちだと考えてしまったこともある。孝、ごめんね。そうすることが、四人の生活を守ることだと間違って思っていた。孝の気持ちを考えず、お父さんを立てることだけ考えてしまった。本当にごめんね。

孝が加藤に似ている瞬間があると、ドキッとした。何気なく振り向いた時の顔。その鋭い目を見るたびに、加藤とのつらかった生活を思い出してしまう。お母さんと加藤とは見ている世界が違いすぎた。

まっすぐに見つめる目の先にある加藤の理想に、お母さんはついていけなかった。孝の目があまりにも加藤に似てきた。その上、孝に悪いことをしたという負い目がいつでも心の隅にくすぶっていたから、孝の目と向かい合うことができずに、ずっと避けてきた。

孝、お前の本当のお父さんの加藤は賢い人だった。鋭い人だった。ごまかしの効かない人だった。孝はその本当のお父さんにどんどん似てきたよ。お母さんは、孝の顔を見るのがつらくなってきた。自分の子どもなのに、まるで加藤一人の子どもであるかのように似てきた。そんな孝を正面から見ることができなくなってしまったお母さんを許して。

孝がお父さんに蹴られているのは知っていた。でも何もできなかった。

「あなた。やめて。孝はあなたの子どもよ。孝のお父さんになる、そう言って一緒になったのでしょ。血は繋がっていなくても、お父さんになれると言ってくれたでしょ」

何度もそう言おうとしたけれど、言葉にならなかった。お父さんに逆らったら、お母さんは生きていけない。幼い宏治も守らなければいけない。そう思うと見て見ぬふりをするしかなかった。

お母さんを恨んだでしょ。どうして止めてくれないんだ、どうして僕を守ってくれないんだと。いくら恨まれても仕方がないよね。自分の子どもを、父親の暴力から守れなかったのだもの。

でも孝は、一度もお母さんに助けを求めなかった。お母さんは救われたような気持ちになったのだけれど、反対に孝にとって頼りないお母さんだということを悟った。もう孝にはお母さんは必要ないのかと勝手に思い込んでしまった。そして、孝に嫌われてしまったとも思い始めた。

そんなお母さんの一瞬の心の隙をついて、お父さんが孝を児童相談所に預けようと言ってきた。お父さんの言うことには逆らえなかった。頷いてしまってからの後悔の気持ちをどう表せばいいのだろう。取り返しのつかないことをしてしまった。いや、今ならまだ取り返せる。お母さんはどうにかなりそうなほど悩んだ。結局、お父さんに逆らう勇気がなく、何もできないまま、今日を迎えてしまった。ごめんね。許して。

孝、離れて暮らしても、孝にもお母さんがいたことだけは忘れないで。お母さんは、孝という子どもがいたことを絶対に忘れないよ。そして、孝には二人のお父さんがいたことも忘れないで。二人とも孝を愛していたよ。

加藤は最後まで「孝を頼むよ」と言って、自分の好きなことをするために出ていった。孝のことはきっと今でも思っているよ。自分の子どもだもの。思わないはずはないよ。

今のお父さんだって、孝を一生懸命に愛したよ。今でも愛していると思うよ。お母さんには分かる。それなのにどうしてこんなことになってしまったのだろうか。みんなお母さんのせいだね、ごめんね。

孝は賢い子だ。強い子だ。優しい子だ。どこに行っても元気に前を向いて生きていける子だ。孝ならきっと大丈夫だ。さよなら孝。そしてやっぱり「ごめんね」。

僕が連れて行かれたのは、「児童相談所」というところだった。父親からの虐待《ぎゃくたい》がみられるということで、学校がそこに相談したのだ。その結果、一時的に父親と離して、父親の様子を見ようということになったようだ。

＊　＊　＊

「体からあざが消えることがない」という学校からの連絡に、児童相談所は急いだらしい。「手遅れになったら責任問題になる」とも言っていたが、手遅れとはなんだ？　僕がお父さんの暴力によって、命を落とすということだろうか。そんなことはないと思うが、絶対にないとは言い切れない。実際に反抗すると、お父さんは激怒し、その場から逃げるしかない時が何度かあったから。

学校としても、虐待の事実を知っていながら、何もしないわけにはいかなかったのだろう。結局、学校と児童相談所との間で、お互いの立場を守るために、大人の面子《めんつ》をつぶさないために、僕は家から児童相談所に移された。僕の心を守る前に、僕の体、命を守るのが先だと考えたのだろう。

担任の先生や保健の先生が、僕を守ると言ったのは、僕の命を守るということだったのか。僕にとって一番いい方法を考えると言ったのは、僕を児童相談所に入れることだったのか。

でも、僕はそんなことは望んでいない。僕はあの家で、普通に暮らしたかった。お父さんからの暴力がなければ、ただそれだけでいい。それだけでよかったのに。ただそれだけのことが、誰にもできなかったということなのか。誰もお父さんを変えることができなかったのか。だから、僕が変わるしかないのか。僕が、お父さんの目の前からいなくなることが、最善の方法ということか。

お父さん、お母さん、宏治の三人は、血が繋がっているから家族になれるのか。僕の体には、お父さんの血は流れていない。加藤という人の血と、お母さんの血しか流れていない。だから僕は家族にはなれないのか。

血とは何だ？　体の中をどくどく流れる僕の本当のお父さんの血を抜いて、抜いた分だけ今のお父さんの血を流し込んだら、家族になれるのだろうか。そうしたらお父さんとお母さんの子どもになれるのだろうか。

親子の繋がりは血なのだろうか。血が繋がっていなければ、親子にはなれないのだろうか。

僕は、血は繋がっていないけれども、担任の先生は好きだ。宏治が生まれる前のお父さんは大好きだった。血なんか繋がっていなくても、僕は人を好きになれる。十歳の僕でも、血ではなく、心で、言葉で、もっともっとたくさんのことで人を好きと思える。血なんて誰にも見えない。見えないものに縛られて生きていくのはおかしい。

でも、現実は、見えない血がお父さんを縛っている。血の繋がりなんて、誰にもどうすることもできないのに。生まれた時にすでに決められたことなのに。

僕にどうしろと言うんだ。僕はただ生まれてきただけだ。僕はただ、お父さんと、お母さんと、宏治と一緒に居たいだけなんだ。

僕は、これからたくさんの人を好きになりたい。自分が先に好きにならなければ、誰からも好きになってはもらえない。これから出会うすべての人を好きになりたい。そしてこれから出会う人すべての人に、好きになってもらいたい。好きになってもらえるような、優しく強い人になりたい。

僕がこれまで出会った人はみんなそうだった。駄菓子屋のおばあちゃん、担任の先生、保健の先生、お母さん。みんなみんな優しかった。そしてお父さんも。優しくなければ、僕の心にこんなに残っているはずがない。僕は芯からお父さんが好きだった。今でもきっと好きだ。お父さんも僕のことをきっと好きだと思っているに違いない。

こんなことになったのは、決して血のせいではない。宏治が生まれ、僕たち家族の環境が変わり、そのことで、お父さん、お母さん、僕の心にちょっとずつのずれが出てきたからだろう。初めはみんなちょっとずつだったのが、お互い背中を向けて歩き続け、日を重ねるごとに大きな溝《みぞ》になり、お互いに戻ることができなくなってしまったのかもしれない。

そして僕だけ戻ろうとしても、その背中には一向に近づけなくなってしまった。本当は、お父さんも、お母さんも、僕を嫌いになったわけではなかったのかもしれない。

僕は、自分から嫌いな人は絶対に作らないようにしよう。どんなに努力しても好きになれなかったとしても、嫌いにはならないようにしよう。僕は、お父さんも、お母さんも、決して嫌いではない。今でも大好きだ。

ぼんやりそんなことを考えていると、

「孝君、面会です」

と言われて、僕はドキドキした。お父さんとお母さんが迎えに来てくれたに違いないと思い、どんなふうに接したらいいのか考えながら児童相談所のホールに向かった。

ホールの椅子に座っていたのは、担任の先生と、保健の先生だった。その二人が嫌いだったわけではない。大好きな二人だったが、僕はがっかりした。お父さんとお母さんが来てくれるという期待が大きすぎたから、それ以外の人は、誰が来てくれてもそう思ったことだろう。

「孝、元気か？」

聞きなれた、優しい声だった。

こんなところに連れてこられて元気なわけがないだろう、と心の中では毒づいていたが、

「はい」

と短く答えた。実際、気持ちはかなり滅入っていたが、毎日規則正しい生活と、暴力を気にすることのない日々によって、体調は良かった。

「孝、悪かったな。孝を守るために、先生にはこうすることしかできなかった」

と、担任の先生は申し訳なさそうに言った。

「分かっています」

僕にはそれしか言えなかった。

「また教室に戻ってくる日を、みんな待っているよ」

それには答えなかった。それより今の僕の頭の中は、お父さんのことでいっぱいだった。またあの家に戻れるのかということだけしか考えていなかった。会話が続かない。長い沈黙があった。

その沈黙を嫌うように、保健の先生が口を開いた。

「孝君、今一番欲しいものは何？」

と聞いた。先生に欲しいものをねだっていいのだろうか。僕を哀れに思って、ほしいものを買ってくれるというのだろうか。でもそんな同情はいらない。これは僕の人生だ。その気持ちは嬉しかったが、やはり答えられない。

黙ってうつむいている僕に、

「遠慮なんかいらないよ。先生からのクリスマスプレゼントにしたいから」

とさらに聞く。

保健の先生はきっと、その場を繕うためと、ほんの軽い気持ちで何かプレゼントしたかったのだろう。その気持ちはよく分かった。

でも僕は答えられなかった。今の僕には欲しいものなどなかった。僕の心の中を占めているのは、お父さんと、お母さんと、弟の宏治のいる、あの家に帰ることだけなんだ。だから、それ以外に欲しいものなど、何も浮かばない。

それでも、保健の先生の言葉に答えるために必死で考えた。しかし、その結果僕の口から出てきた言葉が、

「家に帰りたい」

だった。

絶対に無理だろうと思えるプレゼントだった。お金で買えるものでもないし、形のあるものでもないし、言葉で表せるものでもない。「家に帰りたい」と口にした時点で僕は、「プレゼントなんていらないよ」と答えたつもりだった。素直にそう言わなかったのは、二人の先生にちょっとだけ甘えたかったから。無理なことを言ってちょっと困らせてみようと思ったから。この二人の先生には、それができると思った。心の中で「どうだ、無理だろう」と少し意地悪な気持ちで言ってみた。簡単に「分かった」とは言えないだろう。保健の先生もこれ以上は何も言わないだろう。そう思っていたら、

「分かった」

と、保健の先生はきっぱりと言ったのだ。

なぜそんな返事ができるんだ？　なぜそんな無理だろうと思われるプレゼントができるんだ？

僕は保健の先生の顔を見た。嘘や冗談を言っている顔ではない。何か固い決意が感じられる顔だった。

次に、担任の先生の顔も見た。同じような強い心を感じた。二人の先生は何を考えているんだろう。その、きっぱりと言い切った言葉を信じていいのだろうか。

九　クリスマスプレゼント

先生たちが面会に来てくれてから十日ほど経った。その後は誰も面会には来てくれなかった。お父さんやお母さんは、僕に会いに来てはくれない。僕は忘れられたのだろうか。やっぱり僕はいない方がいいのだろうか。

今日はクリスマスイブだ。保健の先生からのクリスマスプレゼントなんて届く気配もない。だいたい「家に帰る」なんていうクリスマスプレゼントなどできるわけもないし、初めから期待もしていない。

でも、あれだけ強く、はっきりと言ったのだから、それに代わる何かが届いてもいいだろう。何でもいいのだ。物に代えられた心が欲しかった。クリスマスプレゼントが欲しかった。

保健の先生は、その場しのぎの、口から出まかせを言っただけだったのか。どうせもう会うことがないと思ったから、成り行きで返事をしたのか。

それならいっそ、「そんなことは無理ね」と軽く否定してくれればよかったのに。あんなにきっぱりと「分かった」と言われると、妙な期待をしてしまう。クリスマスイブが終わるまで、あと何時間もないというのに——。

翌十二月二十五日、夕ご飯が済んで部屋でテレビを観ていた時、まさにクリスマスが終わろうとしていた時だった。

「孝君、簡単に荷物をまとめてホールに来て」

と、担当の支援員の先生が言いに来た。

「あっ、来た。家に帰れる」ととっさに思い、急いで持ってきたスポーツバッグに着替えを入れてホールに行った。

そこには、前と同じように、担任の先生と保健の先生、そして、その二人の後ろに、お父さんと、宏治を抱いたお母さんがいた。

「約束通りのクリスマスプレゼントだよ。メリークリスマス」

と、保健の先生がおどけて言った。

「孝、家に帰れるよ。よかったな」

と、担任の先生は興奮気味に言った。

僕にサンタさんが来た。絶対に無理だろうと思っていたクリスマスプレゼントを持って。僕はあきらめの気持ちの中でも、かすかな望みを持って待っていた。保健の先生と担任の先生の決意に満ちた顔を、ずっと思い浮かべていたのだ。二人の先生にはあの時何か、お父さんの心を動かす良い方法が浮かんでいたのだろうか。

人の心を動かすなんてことは、心に訴えるしかない。誠意を持って何度も何度も訴え続けるしかない。二人の先生は、お父さんに、僕が家に戻れるようにお願いに行ったのだろうか。何度も何度も、誠意を持ってお願いに行ったのだろうか。そして、お父さんの心を動かしてくれたのだろうか。そうに違いない。いや、絶対にそうだ。そうでなければ、今ここに、お父さんとお母さんがいるわけがない。

この児童相談所では、年末に家に戻る子が多い。クリスマスイブの前に戻った子が二人いた。今日も一人戻った。支援員の先生に、年末年始は一時帰宅する子が多いと聞いていた。だから僕も、保健の先生のクリスマスプレゼントと合わせて、この時期に迎えに来てもらえるのではないかと、かすかな望みを持っていたのだ。

二人の先生は、この時に合わせて、お父さんを説得しに家庭訪問に行ったのだろう。お母さんは、お父さんの決めたことに絶対に逆らわないことは分かっていたが、お母さん自身の心にも、訴え続けてくれたに違いない。

あの頑なに閉じたお父さんの心に、どう訴えたのだろう。どんな言葉でお父さんの心を動かしたのだろう。僕の、あの時の、無理だろうと思えた、「家に帰りたい」という本音を、二人の先生は分かってくれたのだろう。きっとあの時の僕の気持ちを訴えたに違いない。お父さんは、その僕の気持ちを分かってくれたのか、二人の先生の熱意が通じたのかどちらだろう。

二人の先生の興奮した言葉と態度から、やっとのことでお父さんを説得できたという喜びと安堵の気持ちが感じられる。僕は二人の先生の愛情を体いっぱい感じることができた。でも、それとは反対に、先生たちの熱意が通じたというよりも、熱意に負けてしまったというお父さんとお母さんの気持ちが、その様子から見て取れた。

お父さんとお母さんは、言葉を失ってしまった人のように、何も言わず、ただ床を見つめていた。僕と目が合うことはなかった。いや、目を合わせないようにしていたのだろう。バツが悪かったのか、やはり僕を迎え入れるのは、本意ではなかったのか。

ただ、宏治だけは、

「にいたん」

と、声をあげてお母さんの腕から落ちそうなほど、身を乗り出してきた。

僕は素直に嬉しかった。僕が帰るたった一つの場所に帰れる。本当のお父さんでなくても、お父さんのいる家。僕さえ望みを高く持たなければいいんだ。この家で起こることに耐えて生きればいいんだ。

そう心に言い聞かせて帰ったのだが、ほんの三週間前まで暮らしていた僕の家は、僕などいなかった家のようになっていた。僕の部屋は、宏治の遊び場になっていて、電車の線路が敷き詰められ、周りには、電車のおもちゃやミニカー、ぬいぐるみなどが散らかっていた。僕のものはほとんどが処分されていて、僕がいたという痕跡はなかった。

ただ、大きいグローブと小さいグローブが、隅っこにそっと置いてあった。お父さんと初めて会った日に、キャッチボールをせがんで買ってもらったグローブだ。もう僕の手はその小さなグローブには入らない。しかし、新しいグローブをせがむことはできなかったし、大きいグローブはまだまだぶかぶかで使えなかった。

それでもこのグローブは僕の宝物だった。僕の思い出、この部屋が僕の部屋だった証はこのグローブだけだった。

——この家から、僕のすべての存在が消されている。

僕の心は締めつけられた。僕の帰るところはこの家だと思っていたのに、そうではなかった。そう思っていたのは僕だけで、お父さんとお母さんの気持ちは、もうとっくに僕から離れていたのか。僕はもうこの家の子ではないのか。この家は僕の帰る家ではないのか。

児童相談所に連れて行かれた時は、一抹の不安はあったが、まさか本当に家に帰れなくなるとは思ってもいなかった。ここに戻れるものだと思っていた。しかし、現実は厳しかった。

僕はもう、そこに立っていることさえできなかった。愕然《がくぜん》としてしゃがみ込むと、突然大きな岩が頭の上に降ってきたような衝撃を覚えた。全身が押しつぶされる。身も心もすべてが形を成さないほどに壊れる。バラバラになった僕の体と心が、部屋中に散らばっていく。散らばった体と心が、居場所がなくさまよって浮いている。それは僕であっても僕ではない。打ちのめされ、抜け殻となった僕の周りを、憐《あわ》れむように僕の分身が飛び交う。

このまま消えてなくなってしまいそうな意識の中でも、かろうじて僕は僕でいる。早く分身をかき集めなくては。ひとかけらも逃さずかき集めなくては。僕が僕でなくなる。焦っても、

焦っても、もう自分の分身をかき集める力は残っていない。自分を取り戻す力はない。

このまま僕は壊れていくのだろうか、なすすべもなく。夢なのか、現実なのか、それすら分からなくなる。夢であってほしい。この現実を受け入れる心は僕には残っていない。だからこれはきっと夢に違いない。

しかし、そんな願いは空しく消えた。自分の高ぶる感情とは別に、体はしっかりと現実であることを受け止めていた。冷え切った部屋の隅で、僕は膝を抱え固まっていた。

あんなに帰りたかった僕の家に、僕の居場所はなかった。僕の帰る家はここではなかった。僕はこれからどこに行けばいいんだ。僕というこの体と魂の置き場はどこなんだ。体の底から大声を出して叫びたかった。情けないことにこんな時でも、叫んではいけないという理性か、幼い頃からの黙り込む癖か、僕は叫ぶことができなかった。しばらく膝を抱えて、声も涙も押し殺して、心の中で泣いていた。幼い頃の「難しい子」のように。

お父さんもお母さんも、僕がそうしていることを邪魔しなかった。まるで僕の心にとどめを刺すように黙っていた。そのことが、僕をこの家には受け入れないということを示していた。この家はもう僕の帰る家ではない。それを確かめるために一時帰宅したんだと理解した。

僕の気持ちは今、はっきりした。

——児童相談所に戻ろう。今度は一時ではなく、ずっといられる保護施設に——と。

以前、支援員の先生が話してくれたことを思い出した。

「不安だろうけれど心配しないで。この施設には孝君と同じような環境で育った子がたくさんいるよ。一人じゃないよ。仲間がいるよ」

と優しく話してくれた。

「ここに来たら、職員全員が孝君の親代わりだよ。困ったことがあったら何でも相談していいんだよ。みんな、お父さんやお母さんのように、親身になって聞いてくれるよ」

とも言ってくれた。また、

「孝君が立派な大人になって、独り立ちするまで、ずっと見守っているから安心して。自分の子どもと同じように、優しく、時には厳しく見守っていくからね。だから、孝君も私たちを本当の親と思ってね」

と、心からの言葉を掛けてくれたのだが、その時の僕には、頭の上を通り過ぎる、空しい言葉にしか聞こえなかった。なぜなら、僕はその時は、本当に施設で暮らすことになるとは思っていなかったから。

でも、それが現実となった今、あの時の支援員の先生の言葉をはっきりと思い出すことが出来る。「親代わり」と言う言葉が、僕の目の前に、映像のように浮かび上がってくる。

「親とは何だろうか？」

支援員の先生は言っていた。

「鳥はね、生まれて最初に見た動くものを、親と思うんだって。人もね、初めに一番深い愛情を持って抱きかかえてくれた人が親だと思うよ」

僕は一番に、お母さんに抱きかかえられたのだろうな。僕は幸せな誕生だったのだろうな。僕の体の中には、お母さんの愛情がたっぷり詰まっているんだ。

「人は、お父さんと、お母さんの愛情が形となって生まれてくるんだよ。だから、人は愛情でできているんだよ」

支援員の先生が、熱く語ってくれたことを思い出した。

「子どもを大きくするということは大変なことなんだよ。ずっと、ずっと愛情を掛けながら見守るんだよ。でも、大人になる途中で、不幸なことが起こってしまって、その愛情を受けられなくなってしまった子どもたちに、親に代わって愛情を注ぐのが私たちの仕事だよ。だから安心して。ここには、たくさんのお父さんやお母さんがいるし、たくさんの仲間もいるから、きっと分かり合える友達もできるよ」

その時は、上の空で聞いていた支援員の先生の話は、今思い返せば、一言、一言が心に沁みる重い言葉だった。不安でいっぱいの僕の心を解きほぐそうとしていたのか、それとも、自分の仕事を確認するための言葉だったのか、ゆっくりと諭すような話し方だった。

僕のお父さんも、僕をここまで大きくしてくれたのだから、きっとたくさんの愛情を注いでくれていたに違いない。僕は、お父さんとお母さんの愛情を、たっぷり受けて大きくなったんだ。だから僕の中にも、人として大切な愛情はしっかりと詰まっているんだ。

でも、僕はまだまだ子ども。残念なことに、大人になる前に不幸なことが起きてしまった。だから、お父さんと、お母さんの代わりになる人がいる施設で暮らすことになったんだ。

支援員の先生の言葉を思い出すと、妙に納得してしまう。僕は、僕の人生を一人で歩けるようになるまで施設で暮らそう。


支援員の先生も、担任の先生も、保健の先生もみんな、僕のお父さんを見て、もう家には戻ることができないということが分かっていたんだろう。それが分かった上での一時帰宅だったんだと思う。僕が、自分の目で見て、自分の肌で感じてこれから先のことを決められるように。

その証拠に、お正月を待たないで二人の先生は、僕の家に家庭訪問に来た。大晦日《おおみそか》だというのに家庭訪問だ。この寒い時期なのに、家には入らないで、お父さんと三人で、玄関で立ち話をしていた。

そしてそれは、ほんの短い時間で終わった。最初から打ち合わせができていたようで、確認だけで終わったように見えた。

その後、僕は呼び出されて外に出て、二人の先生と話をした。

「孝、どうだ。やっぱり家はいいか?」

と、担任の先生が聞いてきた。分かっているのに聞いてきた。僕に気持ちの揺れがないか確かめたんだろう。

僕は黙っていた。黙っていたということは、居心地が悪いということだとすぐに理解してくれた。

「そうか、やっぱりお父さんは変わらないか」

と、がっかりしたようでいても、最初から分かっていたことを言った。何度も家庭訪問した時に、お父さんの気持ち、お父さんの人柄、お母さんの立場、弟の存在などをみんな分かっていたのだ。それでも、最後に僕の望みを叶えてあげようと、一緒に迎えに行くことをお願いしたのだ。

誰かに説得されて施設に入るよりも、何となく成り行きのまま入るよりも、自分で納得して入った方がいい。二人の先生は、最後まで僕の気持ちを尊重して見守ってくれた。そのことが、僕に向けた視線からも、投げかける言葉からも感じられた。

血は繋がっていなくても、人と人の心はこんなにも通じるのに、なぜお父さんとは通じないのだろう。理由のない悔しさがこみあげてくる。

結局僕は、その日のうちに児童相談所に戻ることになった。今度は、相談所の人とではなく、二人の先生と。初めから、相談所の人とも、お父さん、お母さんとも打ち合わせができていたことのようだった。お父さんとの関係が修復されないようなら、年を越さないうちに相談所に戻そうと。長引いたらまたつらい思いをさせることになるから。

実際お父さんは、一時帰宅中に暴力をふるうことはなかった。でも、話しかけることも、僕を見ることもしなかった。

僕も自分から話しかけることはできなかった。僕はただ、物のようにこの家に置いておかれたような存在だった。邪魔にならないように、隅っこに。弟の遊び場となった元僕の部屋の隅っこに。

「先生、僕は相談所に戻ります。でも、お別れしたいところがあるので、あと一時間待ってください」

やっとの思いでそれだけを告げた。

「そうか。孝、大人になったな」

と、担任の先生は訳の分からないようなことをつぶやいて、がっかりしたような、安心したような、どうしたらいいのか分からないような表情になった。

「孝君、じゃあ一時間後にここでね。また来るからね」

と保健の先生がそう言って、二人はすぐ近くに止めてあった車に行ってしまった。

僕は二人を目で見送って、あの駄菓子屋と、公園に向かった。

駄菓子屋は、大晦日で閉まっていた。もちろん、店番のおばあちゃんに会うこともなかった。おばあちゃんの温かい言葉を思い出した。

「悩みは誰かに話したら楽になるよ」

「おばあちゃん、あの時は何も答えられなかったけれど、きっと万引きした理由を話せる時が来るよ。その時は一番先におばあちゃんに話をするからね。それまで長生きしてね。必ず戻ってくるからね」

と心の中でつぶやいた。おばあちゃんはあんなに優しかったのに、僕の心には、「万引きをした」という事実が残る。絶対に消えない染みとして。

僕は絶対に忘れない。あの時の葛藤と罪悪感、そしておばあちゃんの優しさを。

「おばあちゃん、さよなら」

そっと声に出して言って、その場を離れた。

次にさよならするのはあの公園だ。

冷たい張り詰めた空気の中で、ケヤキの木は凛《りん》としてそびえ立っていた。僕も背は伸びたはずなのに、僕をはるかかなたから見下ろしていた。葉を落とし、寂しげな姿ではあるが、必ず来る春を信じて、自分が輝ける日を信じて、じっと立っていた。僕に、「今はつらくても、必ず春は来るよ」と伝えているようだ。

「このケヤキの木にはずいぶん勇気をもらったな。今日も頑張る力をもらったよ。ありがとう」

木の肌に直接触れた。ゴツゴツした固い木肌の中で、木の中心に脈々と流れるエネルギーを感じた。どんなにつらい時期でも、ケヤキの木は輝く次の季節のために、見えない力をしっかりと蓄えている。僕にもきっと輝ける時が来るんだと教えてくれている。ケヤキの木には生きる力をもらったような気がした。

いつも僕の気持ちを代弁してくれるように、僕の気持ちのまま揺れたブランコにも、たっぷりとお礼を言った。そして最後に、ベンチの隅に腰かけた。

「やっぱりここが落ち着くな。今までいっぱいありがとう。いつかまた来るからね。絶対来るからね。ちょっと時間がかかるかもしれないけれど待っていてね」

そしていつものように、

「さあ、行かなくちゃ」と言って立ち上がり、僕の帰る家ではなくなった家に向かった。


僕が家を出て行くことは、お父さんとお母さんは知っていた。やはり最初からの約束だったのだろう。お母さんはすでに、スポーツバッグに荷物を詰めていた。ランドセルは児童相談所に置いてきた。だからスポーツバッグ一つでいいのだが、僕は部屋に戻り、隅っこに申し訳なさそうに置いてあった、大きなグローブと、小さなグローブを持ってきた。

玄関まで見送ったお母さんは、

「孝、元気でね。それから……ごめんね」

と、僕が保育園の時の口癖をまた言った。

お母さんの「ごめんね」の言葉には、やはり不思議な力がある。保育園のお迎えが遅くなった時に、どんなに怒っていても「ごめんね」の一言ですぐに許せたように、今もその言葉に込められたお母さんの気持ちを思うと、許さなければいけないような気持ちになる。

決して許せるようなことではないと思うし、僕が許したところで、お母さんが納得することでもないと思う。でも、それしか言えないお母さんの気持ちはよく分かる。僕と同じように悩み、苦しんできたのだろう。その言葉には、お母さんが、僕を産んでから今日までのことが、全部込められているのだろう。

僕を抱きかかえてくれたお母さん、優しく微笑んでくれたお母さん、どうしたらいいのか分からなくて、僕から目を背《そむ》けてしまったお母さん、これまでの、僕を思う気持ちが全部伝わってくる。だから僕は、お母さんの「ごめんね」が許せる。

でも、僕はお母さんの最後の言葉に返事ができなかった。軽く頷いただけだった。お母さんに僕の気持ちが伝わっただろうか?

見送ることを拒んでいたお父さんも、その場の成り行きだったのか、本当に最後の別れだと確信したからなのか、玄関まで見送りに来た。そして、僕が持っていたグローブを見て、

「あっ」

と声を漏らした。何か言いたそうだったが何も言わなかった。「キャッチボール楽しかったな」と言ってもらいたかったが、お父さんの言葉は続かなかった。

僕は、お父さんも僕と同じ気持ちだったと思うことにした。

十　お父さんの思い

あのグローブは、俺に孝という子どもがいた証だった。唯一残した証だった。

お前との思い出、お前の気配を消すため、俺は必死にあの部屋を片付けた。俺にもお前にも未練が残らないように。お前には自分の戻る家ではないことを決心させるために。そして俺には、醜い己を消し去るために。

俺はお前のいなくなったこの家で、お前の求めた理想のお父さんを、宏治とやり直したかった。俺に父親というものはどうあるべきかを教えてくれたのは、お前だ。でも俺はお前の父親にはなれなかった。

俺はお前が怖かった。まっすぐな、ごまかしの利かない目で俺に問いかける。俺にはそれに応えるだけの力はなかった。

初めの頃はよかった。まだ小さかったから、俺に求めるものは「どこかに行きたい」「何かを買って」という類いだったから俺にもできた。それで満足するお前を見ていると、俺まで嬉しかった。

でも、お前はどんどん成長する。

「お父さん、将棋教えて」

俺は将棋なんか分からない。本を読んでいたかと思うと、

「お父さん、この人の生き方、どう思う?」

と聞いてくる。そんなことを考えるのは苦手だ。俺は体が資本の現場作業員だ。

そういえば、本当の父親はインテリだった。学者のようなタイプだった。お前の体にはその血が流れているのだ。お前は賢い子だ。俺のような体を張って生きていく人間にはお前を育てることはできない。期待に応えてやる能力は俺にはない。お前は俺を越えていく。俺はやはり本当の父親ではなかった。

そう思うと、俺の心は自然とお前から離れていった。まっすぐな目から、顔も心もそらすようになった。あの純真な、どこまでも俺を信じきったような目が怖かった。本心を見透かされているようで。

それとは反対に、幼い宏治は可愛かった。何も考えず向き合える。顔を見ているだけでいい。いつか宏治も孝のようになるのだろうか。いや、宏治は俺の子だ。俺の血を受け継いでいるから、きっと俺のようになる。それなら父親らしく応えてやれる。

もともと俺とお前は種類の違った人間だったのだ。宏治は俺と同類だ。そう思い始めると、お前へのこれまでの愛情は消えていく。

愛情と言ったが、俺は俺なりにお前を愛した。結婚する時からお前がいることを承知していたのだから、愛そうという覚悟は山ほどあった。そして俺は山ほど愛した。俺流の愛し方で。

でも、それが通じなくなった時に、愛情が冷めていく。音を立てて冷めていく。そのたびに愛情は憎しみに変わっていった。

それを悟ったように、お前の俺への愛情が、恐怖と憎悪に変わっていくのが分かった。俺は力で対応するしかできなくなった。あのまっすぐな目に対応できず、力で押さえつけた。一瞬の出来事だった。お前のまっすぐに俺を睨《にら》む目に耐えられず、蹴ってしまったのだ。

とうとう越えてはいけない一線を越えてしまった。一度一線を越えると、もう理性も何もきかない。あの鋭い、まっすぐな目には力でしか対応できなかった。

俺は、本当の父親の加藤に嫉妬していたのかもしれない。俺にはないものをいっぱい持っていた男だ。お前の陰にその偉大さを見た時、俺は負けたような気になっていた。その気持ちをぶつけていたのかもしれない。戦う必要などどこにもなかったのに。俺は俺であればよかったのに。今頃気づいても遅いのに。その時は、正体のないものに焦りや劣等感を感じ、お前にぶつけていた。

もう終わりにしなくては、暴力は。そのためには一緒に暮らす生活も終わりにしたかった。お前と暮らしながら、これまでの生活を変えることは難しかった。自分を変えるために、お前との生活を変えようと思った。俺はなんと弱い人間なのだろう。自分を変えるために、お前を排除しようと思ったのだから。

そう思い始めた時に、学校から連絡があった。同時に児童相談所からも。「渡りに船」だ。俺はすぐその話を承諾した。

承諾してからの俺の苦しみは、何を言っても言い訳で、誰も分かってくれないだろうが、俺は俺と必死に戦っていた。一度承諾したことを、おいそれと変更することなどこれまでの俺の人生にはなかった。それでも何度学校に電話しようとしたことか。

でも勇気がなかった。お前との生活を戻す勇気もなかった。自分を変える勇気もなかった。自分で作った流れに任せることしかできなかった。俺は弱い人間だ。


あのグローブは、俺の、大切な思い出のものだった。孝、お前はそれを持っていくのか。お父さんに小さい方だけでも残していってくれないか。お前との幸せな日々があったという証拠に。

でもグローブは、二つ揃《そろ》って初めてキャッチボールができるんだよな。二つを離しちゃダメなんだよな。孝、お前にとってもそのグローブが大切なものなのか？　俺たち案外、心が通じていたんだな。今頃気づいても遅いが。

そのグローブを持っていって、たまには馬鹿な父親がいたなと思い出してくれ。大事にしてくれよ。俺からの最後のプレゼントだ。クリスマスプレゼントにしてはちょっと遅いけどな。グローブは俺のもとからなくなっても、俺はお前を絶対に忘れないぞ。

孝、体に気をつけて元気でいろよ。もう俺に気を遣うことはない。自分の思った通りにまっすぐに生きていけ。お前は賢い子だ。強い子だ。自分で自分の生き方を見つけられる子だ。自分の力を信じて生きていけ。俺のもとにいるより、俺と離れた方が、お前らしく立派に生きていけるよ。お前ならできる。いつも心の中で応援し、見守っているよ。元気でいろよ。

お前を見送った後、俺の足はひとりでにあのグローブが置いてあった部屋に向かっていた。消したはずのお前の気配でいっぱいだ。持って行ったはずのグローブも、まだそこにあるような気がしてならない。俺の心の中にはお前が大きな存在としてあったのだ。

それなのに、まるで何かに操られたかのように、俺はお前を捨ててしまった。

俺を操っていたものは一体何なんだ。もし、俺とお前の血が繋がっていたら、俺はお前を捨てなかっただろうか？

きっと、どんなことが起こっていても、捨てなかっただろう。俺はなんというちっぽけな人間なんだ。誰にも見えない血の繋がりに縛られて、操られて、人としての大切なものを失ってしまった。

俺は、取り返しのつかないことをしてしまったという罪悪感と、後悔の念でいっぱいだ。自己嫌悪と空しさが、体中を覆いつくす。俺はお前に一生負い目を感じながら生きていくのだろう。

涙が、後から後から零れ落ちる。気が付いたら、そばで栄子も、宏治を抱えて泣いていた。真冬の寒さの中で、凍り付いたように、微動だにしないで。

十一　お父さんになりたい

外に出ると、二人の先生が車の前で待っていた。

「孝、お別れできたか？」

担任の先生の問いかけに、僕は、

「はい」

と、はっきり答えた。

僕にもう迷いはなかった。僕は、僕の気持ちに逆らわずに生きていく。お父さんに怯えながらではなく、お母さんのように常に誰かに気を遣いながらでもなく。

車の中で、保健の先生が助手席から振り返って言った。

「先生のクリスマスプレゼントはどうだった？」

その問いかけは、僕がこの家を出ることを自分で決めることができたのか、お父さんとお母さんへのお別れができたのか、本当にこれで良かったのかを、ユーモアをもって聞いたのだろうが、一言で答えるのはきつかった。

もちろん嬉しかった。このクリスマスプレゼントがなかったら、僕の迷いは消えることがなかったのだから。結果は誰にとって良いのか、誰にとって悪いのかよく分からなかったが、僕

にとっては良かったと思えた。そこで、

「とってもいいプレゼントだったよ。きっと誰ももらったことのないプレゼントだね。世界中で僕しかもらったことのないプレゼントで最高だね」

と、ユーモアを返して言った。

「よかったわ。これで明日からの人生、頑張れるでしょう」

と、保健の先生は笑顔で答えた。

しかし、その笑顔の陰で、そっとハンカチで目頭を拭く保健の先生の姿を、僕は見た。横で運転しながら、もらい泣きする担任の先生の涙も。

二人の先生は何を思っていたのだろう。全て見通していたことだったろうに。予想していたことが、本当に起こってしまったことに動揺しているのだろうか。僕に気を遣って平静を保とうとしていたのだろうが、思わず出てしまった二人の涙に、胸が熱くなった。二人の先生の僕を思う気持ちは、前から感じていたのだけれど、今、改めて深く心に沁み、零れ落ちそうな涙を必死で堪えた。

僕は会話を探すことよりも、涙を堪えることでいっぱいだったが、二人の先生も、それぞれの感情を抑えることでいっぱいだったのだろう。

無言の、静まり返った車の中で、僕はこれからどんな生活が待ち受けているんだろうと、不安でいっぱいになった。でも、弱音を吐いちゃいけない。こんなにも僕を愛情いっぱいに見守ってくれている人がいるんだと、自分を奮い立たせた。そして、二人の先生の背中を見つめていたら、「孝！　頑張れ！」というエールが聞こえてきそうだった。僕に勇気を与えてくれる背中だった。

窓の外の景色がゆっくり流れていく。児童相談所に戻ったら、そのうち児童養護施設に送られることになる。この街ともお別れなんだ。でも、きっといつか戻ってくる。僕はこの街が大好きなんだ。

そんな思いが伝わったのか、担任の先生が口を開いた。

「孝、大きくなったら、またこの街に戻って来いよ。先生はまだ若いから、この街のどこかの小学校で先生をしているよ。保健の先生は年だから、老人施設にいるかもしれないけどな」

と、おどけて言った。

保健の先生は、いつものように怒ったふりをして、

「失礼ね。でも半分当たっているかもしれないね」

と、笑いながら言った。

僕はその二人の会話が楽しかった。そして、この二人の会話が大好きだった。二人は言葉のキャッチボールをしている。お互いの言葉から、その奥にある心を読み取ってしっかり返している。その間合いも絶妙だ。僕もこんなふうに言葉のキャッチボールができる人が欲しい。いや、これから作っていこう。お互いの心の奥まで分かり合える大切な人を。

「ところで孝は、大人になったら何になりたいんだ」

担任の先生の問いに、僕はすぐには答えられなかった。答えは決まっていたのだけれど、笑われやしないかと思って言えなかった。

何になりたいかと聞かれれば、普通はプロスポーツ選手とか、お医者さんとか、職業を答えるものだろうが、僕の答えはそういう類いではなかった。だから言えなかったのだ。

僕にはもともとお父さんはいなかった。いや、実際はいたのだが、物心ついた時にはお父さんはいなかった。だからお父さんとの思い出もなかった。家族と呼べるのかどうか分からないが、お母さんと二人きりの生活だった。

友達がお父さんの話をしても、それがどんなものなのか分からなかった。表面的なサンタやキャッチボールしか見えなかった。お母さんと自分しかいないから、他と比較することができない。二人だけの生活が当たり前のことであり、それが現実だった。

それでも特に不便とも、不幸とも思わなかった。それが僕を生んだ親であり環境だから、受け入れた。受け入れるしかなかった。それが僕に与えられた生活だったから。

その現実を変えてくれたのが、お母さんでありお父さんだった。

お父さんが本当に僕のお父さんであった一年間、僕だけのお父さんであった一年間、僕は本当に幸せだった。僕は「難しい子」でも「貝の口」でもなく、何でもお父さんに話した。お父さんは僕を見て、僕の心に届くように、優しく話をしてくれた。お父さんとはこういうものなのかと初めて知った。そして、僕にもみんなと同じようにお父さんができたことが、嬉しくて嬉しくてたまらなかった。

そばで、笑顔で聞いているお母さんがいることも嬉しかった。これが家族というものなのか。友達がお父さんサンタを自慢したように、僕はクリスマスでなくても、いつでもお父さんを自慢できた。

特にキャッチボールは自慢だった。新しいグローブで、お父さんと声をかけ合い、公園でキャッチボールをする。誰かに見せたいほど自慢の時間だった。僕はそれがずっと続くと思っていた。こんなお父さんと、ずっとキャッチボールをしていたかった。まだまだずっと、ずっと。

けれど、僕が知った理想の家庭は、まるで砂のお城のように壊れていった。波が去った後には何も残らないように、僕の理想の家庭は跡形もなく消え去った。つらい思い出をいっぱい残して。楽しく、心躍る思い出もいっぱい残して。

その理想の家庭を、僕はもう一度味わいたい。今度は、自分が親となって。

お父さんに教えてもらった理想のお父さんに、僕はなりたい。お父さんが僕のお父さんでなくなった時から、僕はずっと自分がお父さんになることを考えていた。僕の、僕だけのお父さんでいた時のお父さんのように、優しく、強く、子どもの心に沁みる言葉で話すお父さんに。

宏治が生まれてお父さんが変わってしまってから、僕は現実に目を向けるのが怖くて、自分の空想の家族を描き続けた。壊れていく現実とは反対に、空想の中の家族はどんどん膨らみ、理想とする家族ができ上がっていった。

そしていつしか、空想の中の家族を現実に作り上げるのが自分の夢と代わっていった。夢の中の自分は、お父さんが教えてくれた、子どもと声をかけ合ってキャッチボールをする優しいお父さんだった。

だから僕は、ずっとずっと子どもと向き合う優しいお父さんになりたい。僕がしてほしかったことを、何でも叶えてあげるお父さんに。

「大人になったら何になりたい？」という担任の先生の問いに、しばらく黙って考え込んでいるふりをしていたが、もうすぐ児童相談所に着いてしまう。答えないままお別れするのは嫌だった。だから笑われてもいいと思って答えた。

「僕は大きくなったら、お父さんになりたい。子どもとキャッチボールをするお父さんになりたい。子どもと声をかけ合って、見つめ合ってキャッチボールするお父さんになりたいんです」

担任の先生が、

「孝ならきっとなれるよ。絶対になれるよ」

と言ったのだが、最後の方は涙声で半分聞き取れなかった。保健の先生は、涙を隠さずに、

ハンカチで拭きながら、

「うん、うん」

と頷いていた。頷くのが精一杯で言葉は出ないようだった。きっと僕の、予想外の将来の夢に、どんな反応をしたら良いのか分からなかったのだろう。そして、その夢と現実を照らし合わせ、軽い返事はできなかったのだろう。

再び車の中は無言になった。もう、児童相談所に着いてしまう。何か言わなくっちゃ。このままお別れじゃ嫌だ。でも、言葉が見つからない。何も言えないまま着いてしまった。僕は焦った。車が止まり、時間が一瞬止まったように思えた。呼吸さえも忘れてしまったかのような空気の中で、担任の先生が、声を絞り出すように言った。

「孝！　がんばれよ！」

と、その声に、止まった時間が戻ったかのように僕は、

「ありがとうございました」

と、やっとのことで言った。ようやく見つけ出した言葉だった。

その言葉に、僕はこれまでのたくさんの思いを込めた。そして、もってきたスポーツバッグを肩にかけ、二つのグローブを胸に抱えて、車から降りた。

僕は車から降りると車の中の二人の先生に一礼し、あとは振り向くことなく黙って相談所の

玄関に向かった。係員の人が待っていた。まっすぐその人に向かって歩いた。ここで二人に「さよなら」なんて言ったら泣いてしまいそうだったから。固く決心した心が崩れそうになるから。「これでいいんだ」と自分に言い聞かせながら、まっすぐに前を向いて歩いた。

下を向いたら負けになる。振り向いたら逃げになる。僕は決して負けたのでもなく、逃げたのでもない。ここから僕の新しい人生が始まるんだ。僕の描いた僕の人生。僕はきっと僕の理想の人生を作り上げる。これは希望の門出なんだ。だから先生、早く行って。僕を送らないで。僕の決心が揺るがないうちに、車を走らせて。

僕が玄関に着くと同時に、車は発車して見えなくなった。涙が後から後から溢れ出る。あのパンツ一丁で体重測定した時のように。あの時は担任の先生が、熱い胸で僕の涙を受け止めてくれたけれど、もう誰も僕の涙を受け止めてはくれない。僕の涙を受け止めるのは僕だ。今の僕には僕しかいない。キャッチボールができる人が見つかるまでは。涙は頬を伝い、僕のパーカーに染みていく。後から後から染みていく。涙の跡が染みのように濃くなり、僕のパーカーを濡《ぬ》らしていく。それでも僕はまっすぐ前だけを見る。

係員の人は、僕があまりにも堂々と正面を向いて歩いていて、こぼれる涙を拭こうともしないので、声をかけることもなく黙って後から歩いてきた。

さあ、ここが僕の出発点だ。

十二　二人の先生

「これでよかったのかな」

「私たちはできることを精一杯やったじゃない。これでいいのよ」

「どの方向に精一杯やったかだよ。いくら精一杯でも、間違った方向に向いていたら意味ないからな」

「間違っていなかったと思うよ。孝君は自分で選んだのよ。私たちはその方向を誘導したわけでもなく、命令したわけでもない。自分で考える場と時間を与えただけよ」

「だから、その指導でよかったのかなと言っているんだよ。十歳の孝にそんな重大なことを決めさせて良かったのかなと言っているんだよ」

「孝君自身が決めるしかないでしょ。誰かに決めてもらったら、一生後悔すると思うよ。それとも、孝君の家庭に入り込んで親を説得するとか?」

「できればお母さんを説得したかった。お母さんとは本当の親子だから、孝を救えると思った」

「無理よ。お母さんは自分と弟を守ることで精一杯よ。それ以上求めると、あの家族はバラバラになってしまう。三人で生きていく方が孝君にとっても気が楽だと思うよ。親子と言っても、人間、結局は自分の気持ちを中心に生きているのよ」

「そうかな。そうは思いたくない。自分の身を捨ててでも子どもを守ろうとする親はいっぱいいるよ。親子だからそれができるんだよな。孝のお母さんは、弟は守るけれど、孝は守れないというのか？　同じ親子なのに」

「お母さんにとっては同じ子どもではなかったのでしょ。自分の前から去っていった人の子どもと、今一緒にいる人の子どもと、どちらかを選択しなければならないとしたら、当然の結果でしょ。それが今のお父さんの見えない圧力だったのでしょうね」

「そうだったのかもしれないな。そうだったとしたら、お母さんを責めることはできないな」

「悔しいけれど私たち教師は、子どもの指導はできるけれど、それぞれの家庭に入り込むことはできないのよ。お母さんの心に土足で踏み込むようなことは、決してしてはいけないのよ。先生だってそうでしょ。仕事のことならまだしも、家族のことをとやかく言われたくないでしょ」

「それは分かっている。でも孝が苦しんでいるのに、結果として担任である俺には何もできなかった。それどころか親子を離してしまった。それが悔しい。孝を守るために、もっとできることがあったのではないかと思うといたたまれない」

「十分やったでしょ。お父さんと正面から闘って、迎えに行ってもらったでしょ。あのお父さんを動かしただけでも、すごいことだと思うよ。熱意が伝わったのよ」

「でも、孝は行ってしまった」

「結果としてはそうだけれど、孝君が自分で決めるようにしてあげただけでいいんじゃない？

孝君にも十分先生の気持ちは伝わっていると思うよ」

「そうかな。もっと俺にできることはなかったのかな」

「私たちにできることは限られているのよ。どんなに悔しくても、どんなにもどかしくても、一番肝心な家庭環境には触れることはできないのよ。まして家庭に入り込むことなんて、決してしてはいけないことなのよ。子どもの進路はみんなその家庭環境にあるというのに」

「そうだな。家庭環境には触れられず、学校生活の中での指導しかできないんだよな。学校で教えることで大切なのは、知識でも技能でもなく、人としての生きる力なのに、俺は孝に何を教えたのだろう。何も教えられなかった。反対に、俺は孝に強く生きることを教わったよ」

「そんなことないよ。先生は孝君の心に寄り添い、心の中に入り込めたでしょ。それは、孝君の中でずっと生きていくと思うよ。温かいぬくもりと、人を愛することと生きる力をしっかり教えたと思うよ」

「孝がそう思ってくれたら嬉しい。そんなことは目に見えないことだから、確信はないよ。でも俺は、孝のぬくもりを肌でしっかり覚えているよ。あの日の孝を忘れることはないよ」

「孝君も、先生の胸を絶対に忘れないと思うよ。形で残るものより、心や肌で感じたものの方が、ずっと残ると思うから」

「俺の気持ちが、孝の心に何か少しでも届いていたら嬉しいな」

「十分届いているよ。私たちの仕事の成果なんて目に見えるものではないし、それを求めてもいけないいんじゃないかな。十年先、二十年先に立派な大人として生きていてくれたら、それでいいんじゃない？」

「見えないものを信じるしかないんだな。見えないものを信じることは、お互い信頼し合うことだな」

「そうよ。見えないけれど、孝君の心には私たちの気持ちが届いていると信じよう」

「そうだな。孝、振り向かず、まっすぐ、力強く歩いて行ったな。〝先生、僕は大丈夫だよ〟っていうように」

「そうよ。絶対大丈夫。信じよう」

帰りの車の中での二人の先生の会話は、孝には聞こえない。でも、きっと孝の心には届いているに違いない。


保健の先生にああは言ったものの、彼女を降ろして一人になった時、担任の先生は、言いようのない空しさと自責の念に襲われた。

……本当にこれでよかったのか。俺には本当にこれしかできなかったのか。自分の心に問いただす。

俺は孝を守ろうとしていたのではなく、自分を守ろうとしていたのではないか。孝の変化には保健の先生に言われる前から気づいていたのではなかったか。気づいていながら、孝の家庭状況を考えて問題が大きくなりそうで、気づかないふりをしていたのではないか。孝は問題を起こすような子どもではない。学習面でも問題はない。それどころか優等生であった。そのことに甘えて、気づかないふりをしていたのではなかったか。

孝の変化に気づいたのは新学期早々だ。去年からの持ち上がりで、子どもたちとは慣れ合いの中にも適度な緊張感を保ち、これといった問題もなかった。毎日冗談を交わしながらの、傍《はた》からみたらうらやましいほどのクラスだった。そのぬるま湯状態にとっぷりつかり、孝の変化を見落としていた。いや、目を瞑《つむ》っていた。自分から問題を掘り起こさなくてもいい。孝はこのままで大丈夫だと、見ぬふりをしていたのだ。

孝は普段は授業に集中し、ぼんやりすることなどない子だった。しかし、四年生になったばかりの頃から、ぼんやりと宙を見ていることが多くなった。なぜかそわそわ落ち着かない時もあった。

気にはなったが、友達とのトラブルもないし、騒がしくなることもなかった。だから俺は声もかけなかった。ましてや孝を呼んで話を聞こうなどとは、全く思わなかった。日常の多忙さを理由に、孝の心の変化をくみ取ってやろうとはしなかった。

俺は孝の発しているSOSを見落としたのではなく、見ないふりをしたのだ。俺は逃げていたのだ。自分さえ知らないふりをしていたら分からないことだ。自分から厄介なことに飛び込む必要はない、と。

しかし、誰も見ていなくても、誰も責めなくても、自分をごまかすことはできない。保健の先生とうわべだけの話をして、さももっともなようなことを言っても、自分の心はごまかせなかった。孝の変化に気づいた時に、孝の心を聞き出すことができていたら、こんなことにはならなかったはずだ。

俺には教師としての自覚や使命感が欠けていた。子どもとの夢のような関係に憧れ、それを作り上げようとしてきたはずなのに。いつしか毎日の学校生活、教師としての日常に慣れ、夢も憧れも忘れていた。教師になろうとした動機や意気込みを忘れて、毎日がつつがなく通り過ぎていくことで満足していた。表面的な子どもとの関係に溺れていた。目の前に大きな問題があることに気づかぬふりをして。

理屈では分かっていても、俺は現実を目の前に突き詰められるまで逃げていた。あの体重測定の日まで。あの時、孝を抱えて泣いた。あの涙は、孝に対する同情や孝の苦しみを共感するという気持ちより、自分の卑怯さに対してと、孝への罪悪感の涙だった。この本心を誰にも打ち明けられない俺は臆病者だ。

孝のお父さんとお母さんは、世間から非難されて生きていくだろうが、俺はこのまま誰からも非難されることなく、反対に孝のお父さんを一時帰宅に応じるように説得した勇士として見られるのだろうか。孝に対して犯した罪は、ずっと一人で背負っていかなければならないことだろうか。

誰かに強く責められる方が心は楽になる。でも、自分の心の現実を誰かに話す勇気がない。孝の両親と同じように、一生孝に負い目を感じながら生きていくのだ。これからの長いであろう教師生活の中で、二度とこんな過ちを繰り返さないように、肝に銘じながら……。

そして保健の先生も同じように自分を責めていた。

……長い間この仕事をしてきて、直観として感じていたことがあったのだ。運動会の時のあざより前に。

孝君の体重は一向に増えず、同学年の子どもより小さい。本当のお父さんは分からないけれど、お母さんは体格のいい人だ。孝君は、気持ちの上では誰よりも早く幼年期を終えたようだったが、身体的な成長は遅れていた。家庭生活や食生活に問題があるのだろうか、気になっている子どもだった。もっと早く気づくべきだった……。

保健の先生も、自分の仕事のプロ意識に欠けていたことを悔やんだ。長年プロとしてやってきたことなのに、子どもに現状を突きつけられるまで気づかなかった自分を恥じた。

担任の先生にはあんな強がりを言ったのに、一人になると自責の念が覆いかぶさる。

十三　夢は叶う

明けない夜はない。終わらない冬もない。

冬はつらいだけのものではない。春への希望を繋ぐために、なくてはならない季節だから、耐える中にも望みがある。その希望が自分を高め、人生を味わいのあるものにしていくのだとしたら、冬のない人生はなんと味気ないものになってしまうだろうか。

冬のない春は、心躍るものでもなく、待ち焦がれるものでもない。冬は春の幸せをかみしめるために、耐えなくてはならない試練だ。冬があるから春の喜びが大きいのだ。


僕のこれまでの人生にはつらいことが多すぎた。でも、それは僕に与えられた試練だったのかもしれない。僕が幸せになるために、乗り越えなければならない試練だったのかもしれない。それを乗り越えたからこそ今の幸せがあるのだろう。全てを水に流してそう思える時が来た。

心の中に何度も何度も襲いかかる嵐の度に、僕は流されないように、吹き飛ばされないように踏ん張ってきた。それは容易なことではなかった。でも、それは単純なことだった。自分の気持ちに正直に生きれば良かっただけだったから。あの万引きをした日に固く自分に誓った通りに生きれば良かっただけだったから。戦うのはいつも自分自身の弱さとだけだった。

僕が自分の気持ちに正直に生き続けられた理由は、どうしても叶えたい夢があったからだ。描き続けた理想の家族は、僕の心から消えることなく、どんどん大きく膨らんでいった。夢は願い続けることで、夢ではなく現実となることがはっきりと分かった。「夢はあきらめなければ必ず叶う」いつかどこかで聞いた言葉だけれど、本当にそうだった。自分が追い続ける限り、消えることはなく近づいていくものだと思った。そして、叶うものだと思った。

僕が強い気持ちで夢を追い続けられたことには理由がある。それは、これまで出会ってきた優しい人たちの、エールが僕の心に強く届いていたからだ。

駄菓子屋のおばあちゃんの言葉には「僕を見守っているよ」というメッセージが込められていた。

僕を児童相談所まで送ってくれた、保健の先生と担任の先生の涙には「孝！　絶対にお父さんになるんだぞ！」という応援の気持ちが表れていた。

そして、お父さん、お母さんにも「孝、強く生きろ！　孝なら絶対に自分の目指した生き方ができる」という信頼と期待の気持ちが溢れていた。

それから支援員の先生も、いつも「頑張れ！」と言ってくれていた。たくさんの人たちのエールが僕を支え続けてきた。くじけそうになるとみんなのエールが聞こえてくる。優しい人たちの心を裏切らないように、その人たちのエールに応えられるようにと僕は頑張ってきた。そして、自分で自分に「頑張れ！」とエールを送り続けてきた。

僕の長かった灰色の冬はようやく終わった。今、僕の目の前で繰り広げられている光景は、僕が待ち焦がれていた、すべてが輝く春の光景だ。

春一番の色は、クロッカスや福寿草の目の覚めるような黄色だ。すみれの紫に、チューリップの赤、桜の薄桃色が終われば、輝かしい若葉の黄緑が庭一面、山一面を覆う。まるで多色刷りの版画が刷り上がるかのように、色を重ねて春が来る。

僕の春も、たくさんの色を重ねてやって来た。

養護施設での生活はつらいものではなかった、自分の心の中で、家族との決別に未練がなくなってからは。

それまでの葛藤は、言葉では言い表せない。何度も波が押し寄せてくるように、自分の心から消しても消してもよみがえってくる。波と同じように同じ周期で。

しかし、時は押し寄せてくる波を間違いなく小さくしていった。完全に消え去ることはないけれど、自分の中で一つの思い出として処理できるようになった。

中学生になる頃には、僕はお父さんになりたいという夢以外に、もう一つの夢を持つようになった。それは、建築士になるという夢だ。

僕は自分でも気づかないうちに、お父さんが理想のお父さんであった時の姿を追い続けていた。僕が作りたい家庭も、僕がなりたい職業も、理想のお父さんだった時に教わったものそのものだった。演技でも何でもいい。僕はお父さんが僕にしてくれたことを体で、心で覚え、いつしかその姿を追い続けていた。

しかし僕は、お父さんに対してそんな尊敬や憧れだけでなく、いつかお父さんを越えたい、絶対に越えてみせるという対抗意識も持っていた。いや、そんななまやさしいものではなく、絶対に負けたくないという闘争心を燃やしていた。

仕事でも、家庭でも、絶対にお父さんには負けたくなかった。だから仕事は、現場作業員の上に立つ建築士を選んだ。違う場所で仕事をしていても、気持ちの上ではお父さんより上の立場で仕事ができる。その優越感が、あの暴力に屈した時の雪辱を果たしたような気にさせていた。

僕がお父さんに絶対勝ちたいことがもう一つある。それは、血の繋がりについてである。偶然なのか、必然なのか、それとも僕の意識がそうさせたのか、僕は子どものある人と結婚した。お父さんとお母さんと、僕の小さかった頃と全く同じ環境になった。

お父さんは血の繋がりで子どもを差別し、血が繋がっていない僕を排除した。でも僕は血が繋がっていない子どもでも愛せる。そのことを僕は証明したい。そして、その方が幸せな家庭を築けるということを実証したい。

僕は血が繋がっていなくても妻の子どもを愛している。これから先どんなことがあっても愛せると宣言できる。実の子と同じように。

子どもだけではない。そばに寄り添う奥さんも。僕たちの周りにいるすべての人も。僕はみんなみんな愛せる。血など関係なく一人の人間として。

血など誰にも見えない。見えないものを探るより、目の前にいる人を見ればいい。自分を支えてくれるすべての人を見ればいい。そのしぐさで、声で、肌で、心ですべての人を愛することができる。

理想の家庭を持続するのは、見えない圧力や、暴力ではない。愛の力、人を愛することができる力だ。僕はお父さんにそのことを証明してみせる。

僕がこの街に戻ってきたのは、直接会うことはなくても、お父さんを感じられる街だからだ。そして、僕の証明をお父さんにも感じてもらいたいからだ。

対抗意識や闘争心を燃やしながらでも、やっぱり僕はお父さんを追い続けている。

今、僕の目の前では二人の子どもが、声をかけ合ってキャッチボールをしている。均と親子になったのと同じ年に将司が生まれた。十三歳になった均は、六歳年下の弟にキャッチボールを教えている。

中学生になった均の手は、もう大人の手に近い。しかし、まだグローブの中で指が泳いでいる。それでも均はその使い古され、手にしっくりとなじむグローブが気に入っている。初めて親子でキャッチボールした時から、大きいグローブを使えるようになることに憧れていた。今、そのグローブをはめて、弟とキャッチボールをしている。

小学校に入学したばかりの将司の手には、可愛らしい小さなグローブが、心もとなげにはめられている。

二人の会話は、初めて僕と均がキャッチボールした時のことを再現するかのように、同じ言葉をかけ合っている。その言葉は、何十年も前に、僕が父にかけてもらった懐かしい言葉でもあった。

「将司、いいか、お兄ちゃんが将司のグローブめがけて投げるから、グローブを胸の前で広げていろ。そーぅれ」

ボールは将司のグローブの指先に当たって転がった。

「とれなかった。お兄ちゃん、ごめん」

「そんなに簡単にとれるもんか。今度はボールをお兄ちゃんめがけて投げてごらん」

「分かった。お兄ちゃんとってよ。そーぅれ」

ボールは均の二メートルほど前に落ちて転がった。

「届かなかったよ、お兄ちゃん。キャッチボールって難しいんだね」

「どんなことだってそんなに簡単にはできないよ。何回も練習すればきっとできるよ。もう一回投げるよ。グローブをいっぱいに広げていろ」

二人の息子の声を、僕は公園のベンチの端っこに座って聞いている。

すっかり新しくなった公園のベンチ。装いは昔と変わったけれども、置かれている場所、大きさは同じだ。ブランコは新しい色に塗り替えられたが、僕が十歳の時に揺らしたブランコと同じものだ。ケヤキの木は一回りも二回りも大きく、高くなって、眩しいほどの若葉を空いっぱいに広げている。

変わらない、あの時と。いつも僕のすべてを包み込んでくれた公園。つらい冬を幾度も越えてきたはずなのに、いつも輝いていたかのように、また僕を迎えてくれた。

約束通り、僕は戻ってきたぞ。あの駄菓子屋はなくなっていたが、この公園と同じようにおばあちゃんは、僕をずっと見守っていてくれたに違いない。ずっと待っていてくれてありがとう。ずっと変わらずに僕を見守っていてくれてありがとう。

でも僕は変わったんだ。僕は自分の思い描いた人生に向かって歩いてきた。僕がずっと夢みてきた僕の家族、温かな家庭を作るために。

見て、僕はあの時と同じにベンチの隅に座っているけれど、ベンチの真ん中に座っている人を。僕はずっと、大切な人を真ん中に座らせるために、端っこに座っていたのかもしれない。

今僕は、僕の大切な人と、僕たちの大切な二人の子どものキャッチボールを見ている。そして僕たちは、二人で言葉のキャッチボールをしながら。

「均ったら、あなたに教わった言葉とおんなじ言葉を、将司に言っているわ」

「僕との初めてのキャッチボールを覚えてくれていたんだね」

「あなたもあんなふうに声をかけて、真剣に均にキャッチボールを教えてくれていたね」

「僕はそれと同じ言葉で、父からキャッチボールを教わったよ」

「親子二代のキャッチボールだね」

「初めての父とのキャッチボール、楽しかったな」

「均も、将司も楽しそう。均、すっかりお兄ちゃんになって、将司に教えているよ。本当の兄弟のようだね」

「もちろん本当の兄弟だよ。僕は均と将司の父親なんだから」

「あなた、ありがとう」

その後、会話は途切れてしまった。キャッチボールを見つめる二人にはなぜか熱いものがこみあげてきて、会話にならなかった。


今、僕は春の真っ最中だ。しかし季節は必ず巡るもの。また冬が来るだろう。でも、僕は冬を乗り越える自信がある。どんなに厳しい冬でも乗り越えられる。なぜなら、僕には愛する二人の子どもと、寄り添ってくれる人がいるから。僕は絶対にこの三人を愛し続ける。

僕の夢は叶った。夢はやはり叶うものだ。僕は絶対にこの幸せを守り続ける。その幸せが、均にも将司にも繋がっていくことを信じて。

あとがき

私はこれまで何人の人と出会ってきたのだろう。家族やたくさんの子どもたちや、同僚。趣味の仲間や同級生等々数えきれない。その人たちとどんなふうに繋がってきたのだろう。その人たちとの心の繋がりや、その人たちから学んだもの、感じたもの、たくさんの人たちの支えや応援で、今の私が居るのだろう。

人と人との出会いは、いつでも運命的だ。意図しないところで出会い、繋がっていく。その出会いが、自分を作っていく。一生を変える出会いもある。

子どもは親を選んで生まれてくることはできない。環境を選んで生まれてくることもできない。生まれた時から、運命的な出会いだ。どんな親、どんな環境に生まれても、それを誰も変えることはできないし、どうすることもできない。親や環境に合わせて子どもは成長する。産んでくれた親を嫌いな子どもはいない。親を頼りに、親を慕って成長する。子どもにとって親は絶対的なのだ。

親にとってもそうだ。生まれてくる子どもを選ぶことはできない。自分のところに生まれてきてくれたことに感謝する。生まれてきた子どもを嫌う親などいるはずがない。愛おしくて、ぎゅっと抱きしめたはずだ。そして、親となった喜びを体いっぱい感じたはずだ。その愛おしさと、喜びで子どもを育てるのだ。愛情をたっぷり注いで。

親子の愛とは、何物にも代えがたい、唯一無二のもので、何の見返りも持たない無償の愛である。親にとって無条件に愛せるのが子どもであり、子どもにとって無条件に信頼し、慕うのが親である。

すべての親子がそうあるべきなのに、そんな固い絆で結ばれた親子なのに、稀に、絆が切れてしまう親子がある。何よりも固い絆で、絶対に切れないはずなのに、なぜ切れてしまうのだろうか。

初めはほんの少しの歯車のズレだったのが、見過ごしているうちに大きなズレになり、気が付いた時には、修復ができない状態になってしまったのだろう。

ほんの少しの心の緩み、思い通りに行かなかった時の、相手への配慮の足りなさ。優しさの足りなさが原因だったのではないか。親子の間でも、お互いを気遣う気持ちは欠かせないものだろう。親子だから気遣いなどなしに通じ合える半面、親子だからこそお互いを思う気持ちを伝え合わなければいけないように思う。

親子だから傷つけてもいいということはない。どんな関係でも、どんな立場でも、人と人との間にはお互いを思いやる気持ちが欠かせない。

どんなに小さくても子どもは親の所有物ではない。決して支配下に置くべきではない。生まれた時から、一人の人格を持った人間なのだ。いや、きっとお腹の中にいた時から、みんな一人一人違う人格を持った人間なのだ。

小さいから、自分では何もできないから、親の思い通りにしようというのは間違いだ。小さいから、何もできないからこそ、その人格を認め守ってやるのが親だろう。

親子の間で起こる、思わず目を背けたくなるような事件が報道されることには、本当に心が痛む。現実にそんなことが起こっていいのだろうか。どうしてもっと早く気づかなかったのだろうか。どうして相手の気持ちを思いやってあげられなかったのだろうか。疑念でいっぱいだ。残念でならない。

子どもを取り巻く事件の報道が流れるたびに、その原因が親にあるような気がしてならない。親とは愛情を持って子どもの成長を見守らなくてはならないのに、自分の感情に押し流されて、それを子どもにぶつけていたのではないだろうか。ほんの少しの気の緩みだったに違いない。でも、人の怖いところは〝慣れ〟で、一度緩んでしまった気持ちを元に戻すことは難しい。大きな事件になって初めて我に返る。

親の思い違いや、愛情の足りなさから、過酷な人生を送らなければならない子どもたちのことを思うと、不憫でならない。子どもに罪はないのに。

そんな子どもたちに、心からのメッセージを贈りたい。

「幸せになろう」……人はみな、幸せになるために生まれてきた。たとえ恵まれない環境に生まれたとしても、みんな同じに幸せになる権利がある。心豊かに生きる権利がある。そして、自分にとって何が幸せか考えて、その幸せに向かって生きていけば、きっと幸せはやってくる。

「信じよう」……一人じゃない。自分の周りには、たくさんの支えてくれる人、応援してくれる人がいることを信じよう。その人たちの心からのエールを聞こう。聞こうとすればきっと聞こえるはずだ。そうすればそこから必ず希望が見えてくるはずだ。今を頑張れば次に続く。今日を頑張れば明日に続く。そしてそれは未来につながる。自分自身が描いた輝く未来へ。

「夢を持とう」……夢は持ち続ければ必ず叶う。夢を叶えるまでの道のりは遠い。苦しいこと、つらいことは付き物だ。そんなことは十分承知のはず。それを乗り越えた時に夢は叶う。夢は叶えるためにあるもの。その先にあるのが幸せだろう。

「自分に負けるな」……どんな時でも、戦う相手は自分なのだ。自分に正直になることが、心が幸せになることだろう。物の豊かさで幸せにはなれない。心が豊かになることこそが、幸せになることだから。

すべての子どもが「生まれてきて良かった」「幸せだった」と思える人生であってほしい。そして、それを見守る大人の一人でありたい。

最後に、書いては行き詰まり、立ち止まる私を丁寧に導いてくださった、文芸社の藤田様、吉澤様に深く感謝します。ありがとうございました。

二〇二三年　三月

藤本　幸子

この小説はフィクションです。登場する人物等、すべて架空のものです。

著者プロフィール

藤本 幸子（ふじもと さちこ）

1953年　　山形県酒田市に生まれる
1971年　　都留文科大学　初等教育学科入学
1976年～　山梨県内の小学校に教師として勤務
2007年　　絵本「ゆうえんちさんきてください」（新生出版）出版
2007年　　退職
2015年～　非常勤として小学校に勤務
2022年　　「親不孝　ふるさとはいつもかがやいていた」（文芸社）出版
現　在　　山梨県都留市在住

お父さんになりたい

2023年3月15日　初版第１刷発行

著　者　藤本 幸子
発行者　瓜谷 綱延
発行所　株式会社文芸社
〒160-0022　東京都新宿区新宿1－10－1
電話　03-5369-3060（代表）
03-5369-2299（販売）

印刷所　図書印刷株式会社

©FUJIMOTO Sachiko 2023 Printed in Japan
乱丁本・落丁本はお手数ですが小社販売部宛にお送りください。

送料小社負担にてお取り替えいたします。

本書の一部、あるいは全部を無断で複写・複製・転載・放映、データ配信することは、法律で認められた場合を除き、著作権の侵害となります。

ISBN978-4-286-28090-5